野花圖鑑

——台灣四百多種野花生態圖鑑

張永仁 ◆ 撰文・生態攝影

楊宗愈 ◆ 審訂

遠流台灣館 ◆ 編製

遠流出版公司

3
序一　黃增泉

4
序二　李家維

6
如何使用本書？

12
用語圖解

21
名詞釋義

23
黃色的花

多瓣 ····· 24
5 瓣 ····· 52
4 瓣 ····· 94
少瓣 ····· 103

129
白色的花

多瓣 ····· 130
6 瓣 ····· 150
5 瓣 ····· 156
4 瓣 ····· 217
少瓣 ····· 235

263
藍色的花

6 瓣 ····· 264
5 瓣 ····· 266
4 瓣 ····· 269
少瓣 ····· 270

277
紫色的花

多瓣 ····· 278
6 瓣 ····· 291
5 瓣 ····· 295
4 瓣 ····· 319
少瓣 ····· 323

385
紅色的花

多瓣 ····· 386
6 瓣 ····· 390
5 瓣 ····· 391
4 瓣 ····· 397
少瓣 ····· 399

409
褐色的花

多瓣 ····· 410
6 瓣 ····· 413
少瓣 ····· 414

417
綠色的花

多瓣 ····· 418
6 瓣 ····· 420
5 瓣 ····· 422
4 瓣 ····· 428
少瓣 ····· 429

分科索引 ····· 431
中名索引 ····· 437
學名索引 ····· 441
後記 ····· 445

【序一】

自然生態攝影寫作者張永仁先生，1959年出生於高雄市郊外。畢業於文化大學印刷系，服役期滿後，從事其喜愛之自然觀察與野外攝影工作。在多本昆蟲叢書問世，並獲大眾肯定後，開始投入野花觀察。早在五年前即開始醞釀出版常見野花植物圖鑑，於三年前獲遠流出版公司之合作承諾，陸續進行拍攝與田野紀錄工作，而去年（2001年）一整年間，則傾全力遍訪台灣全島低地（海拔八百公尺以下），約四萬公里旅程，拍攝數百種屬於草本及灌木類之開花植物。本書收錄其中較具代表性的四百多種。

這本圖鑑有許多特色，例如：全書採用花色作為查對分類的主要依據，再依花瓣數或花冠裂片之數目、大小作為次要識別依據，很適合大眾的視覺感官，也相當容易入手查閱。上千幀的植物照片，清楚呈現植株性狀、習性及花、果特寫，進而涵蓋變異與近似種的圖像。在版面編排設計上，花期、植物的生長環境、生長型以表格方式圖示，一目了然。作者結合多年來對昆蟲生態的田野調查，於內文附記蝴蝶幼蟲的寄主植物，也揭示了昆蟲與植物間關係密切之一隅。書末索引含植物中名、學名及科別三種方式，提供查詢之方便。前文並有專有名詞圖解，幫助讀者了解內文。

綜觀本書，採用花瓣顏色作為植物種類檢索之著作，在國外較常見，惟在台灣卻是首創。主題選擇繽紛多采的野花，可提高大眾認識植物的興趣。而且全書植物名稱、內容經過植物分類學者，台中國立自然科學博物館副研究員楊宗愈博士審訂，使本書除了趣味性，同時具備科學性之嚴謹。恭賀本書出版外，期待更多此類圖書繼續問世。

黃增泉

2002‧7‧16

（本文作者為台大植物學系教授）

【序二】

知道張永仁先生，主要還是由他的《台灣鍬形蟲》、《昆蟲入門》、《昆蟲圖鑑》、《昆蟲圖鑑②》等昆蟲類的科普書籍，但從來沒有想到他會出版介紹「植物」的書。

我幾乎每週都會和家人到新竹的郊區去度週末，由於屋子是在森林之間，物種十分豐富，所以常常會有意外的驚喜。譬如住在陽台外面的大、小兩隻蟾蜍，遊行於屋子四周的紅斑蛇，或四、五種在晚間一閃一閃的螢火蟲，使得家人及來訪的友人都讚賞不已。美中不足的是，常常叫不出家中附近植物的名稱。當然，那些平時常見的園藝植物還是知道的，但是其他許多原生的物種，那怕是路邊的小花、小草，就算天天見面仍不太認得。也曾在坊間找過一些圖鑑，可是許多都是依照植物的科、屬去排列，家人們並不是植物分類專家，就連入門都很難。看到永仁這本書使我眼睛一亮，因為他採取了花的顏色作為分類的起始，再以花瓣數或花冠裂片的數目

、大小作為次一級的分類，這就可以讓一般大眾不見得要懂植物的科、屬，也就是分類學上的排列，卻能查出它們的名字。當然，每一物種的介紹中還是有科名、學名等科學上的用語，這也讓那些想要進一步認識或了解某一類植物者，可以藉學名查詢而獲得更多的資訊。

這本書裡的每一種植物都有精簡的描述，再配合二至三張的圖片，包括植株的近照或花、果的特寫，使我們很容易與實物做比對。永仁觀察昆蟲多年，所以在內文附記中，該種植物可作為哪些蝴蝶幼蟲的食草，他也都一一說明；以他豐富的田野經驗，想必具有很高的可信度，而這也是本書的另一個特點。本書在前文附有專有名詞之圖解，後面也有植物科名、學名及中名的查詢索引，編排方式又以花的顏色、花瓣數或花冠裂片數目等易於辨認的特徵，作為主要及次要的分類方式，再加上花期的標明及植物生長型的迅速查詢等，可以說是一本

很實用的台灣常見植物圖鑑。在這裡必須感嘆一下，其實在歐、美、日等科學先進的國家，類似永仁這本書，以花色、瓣數等來作為編排及查詢的科普書籍非常易見，但在國內可能還是首創，所以要認一認住家附近的野花野草或是郊外的原生植物，本書也許真是一個好幫手！

這本書的審訂，是由本館的副研究員楊宗愈博士來執行。楊博士本身就是從事植物分類學的研究，在本館進行研究蒐藏和野外的採集工作多年，且曾在本館或是報章、電子媒體上發表過一些科普文章，對台灣野生植物的鑑別具有一定的專業。楊博士的參與，為本書在通俗性外，更增加了學術性的嚴謹。

據我所知，張永仁先生原本所學並非自然科學，然因其愛好大自然，而且也投入大量的時間與精力，再加上本身的攝影專業，本書才得以圖文並茂；或許也正因他不是科班出身，所以更能體會到一般讀者查詢圖鑑及比對一些物種時所發生的問題，我們也才有了這本實用的好書。

非常高興看到本書的出版，身為國立自然科學博物館的館長，更會用此書來勉勵我館的同仁，或許以後出版科普性書籍時，要多站在普羅大眾的立場來看，那才能真正地將科學教育普及到社會大眾中。不過說到這裡，還是必須提出：本書唯一美中不足之處，是僅介紹台灣常見的草本或灌木類物種，期望能儘早看到木本植物相關書籍的出版，這就更能滿足大家的需求了。

李家維

2002・8

（本文作者現任

國立自然科學博物館館長）

5

如何使用本書

本書為台灣各地常見野花之生態圖鑑，全書共蒐羅400多種野花的資料與圖片。台灣野生的開花植物種類繁多，扣除較難就近觀察的喬木類野花，與花不明顯的植物之外，全島常見的野花約有700多種，分布於海邊、平地到高山的各種生態環境，若要從中平均挑選外觀特別美麗而常見者，可能大家身邊一些常見的種類，反而無法納入本書之中；因此，考量一般入門者之需求，本書優先收錄海邊、平地與低、中海拔之常見種類，包括草本、藤本植物與灌木。

為使讀者易於入手查閱，全書採用一般

查詢法

本書列舉以下兩類查詢方法，讀者可以視需要，選擇適當的方法運用。

一・花色瓣數查詢法

推薦給初入門者。看到一朵野花時，可依其花色、瓣數，直接翻至目錄提供的該類花起首頁頁碼，逐頁作特徵比對，即可找到該種野花的介紹資料；若同一類的花種數較多時，原則上可參酌內文中提到的花朵大小（即花徑或花寬）縮小查詢範圍。或者，判斷其花色屬於哪一個色系後，先從目錄查詢出該種花色的起首頁（篇名頁）頁碼，然後根據花瓣數、離瓣或合瓣、花冠的形態（例如：少瓣中的蝶形、唇形、漏斗形等），對照該篇名頁展列的照片及文字提示，找出最相近的類型，再依上面提供的頁碼，逐頁比對。

必須特別說明的是，實際野花的花色可介於色譜中的過渡地帶，讀者不妨在相近的兩個色系中尋找。例如：本書中粉紅色花雖歸於紫花這一類，但極淡的粉紅色花也許已很接近純白的花色，因此讀者若在紫花一類中未找到該種野花，則可嘗試在白花一類中查索。而介於藍色系與紫色系之間的花，或紫色系與紅色系之間的花，也可依此原則查詢。

〈範例一〉
①②從目錄找到該種色系野花所屬瓣數之起首頁頁碼
③翻至該起首頁逐頁查詢

〈範例二〉
①從目錄找到該種野花所屬的花色起首頁（篇名頁）
②從此頁中對照出最相近的類型
③依該類型提示的頁碼逐頁查詢

觀察野花時最能一目了然的花色、瓣數，作為查對分類的依據。而且，為了協助讀者區分鑑定出某一種野花的正確身分，每種野花的圖像記錄都盡可能涵蓋植株群落、花、果，進而呈現變異與近似種，另輔以特徵、生態等文字說明，讓讀者按圖索驥，不易錯認。此外，在描述開花植物的外觀特徵時，常會使用一些固定的辭彙，

「用語圖解」（見12頁）及「名詞釋義」（見21頁）以圖繪與簡要的解說，整理了相關的專有名詞，幫助讀者更能掌握書中的內容。

為因應不同需求與程度之讀者，除初入門者可由目錄頁及篇名頁的「花色、瓣數」切入查詢外，已具入門基礎者則可視需要由中名、學名、分科索引三部分查詢。

二・中名（學名）、分科檢索法

讀者想要查詢已知中名（或學名）的某一種野花資料時，可以從書末的「中名索引」（或「學名索引」）查出該種野花所屬的頁數，直接找到相關的文字介紹與圖片。若讀者已知某一種野花所屬的科別，或想要查詢本書各科之下收錄了那幾種野花（及其頁數），則可翻至書末的「分科索引」作進一步查詢。

① 從中名（或學名）索引查出該種野花所屬頁碼；或由分科索引找到想要查詢的科名，瀏覽該科之下收錄的各種野花，進而查出某一種野花所屬的頁碼。

② 翻至該頁頁碼，找到該種野花的介紹。

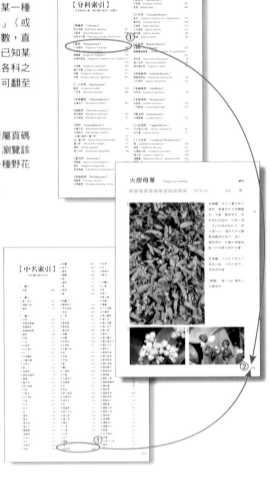

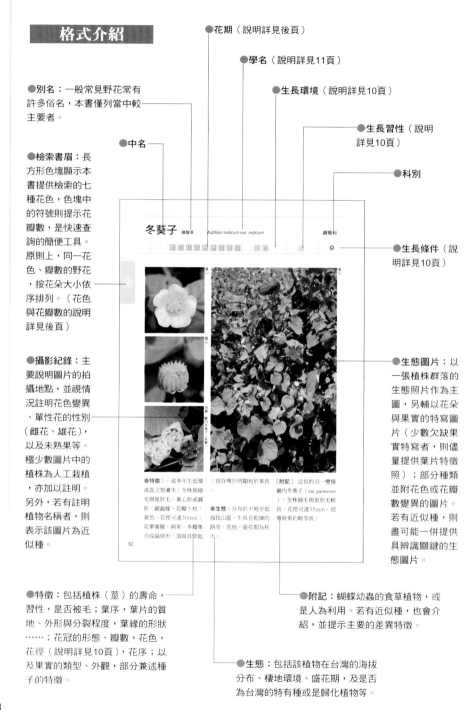

格式介紹

●花期（說明詳見後頁）

●**學名**（說明詳見11頁）

●**生長環境**（說明詳見10頁）

●**生長習性**（說明詳見10頁）

●**科別**

●別名：一般常見野花常有許多俗名，本書僅列當中較主要者。

●中名

●檢索書眉：長方形色塊顯示本書提供檢索的七種花色，色塊中的符號則提示花瓣數，是快速查詢的簡便工具。原則上，同一花色、瓣數的野花，按花朵大小依序排列。（花色與花瓣數的說明詳見後頁）

●攝影紀錄：主要說明圖片的拍攝地點，並視情況註明花色變異、單性花的性別（雌花、雄花），以及未熟果等。極少數圖片中的植株為人工栽植，亦加以註明。另外，若有註明植物名稱者，則表示該圖片為近似種。

冬葵子 蘋藜草　*Aubtilon indicum var. indicum*　錦葵科

4 5 6 7 8 9 10 11 12

●生長條件（說明詳見10頁）

●生態圖片：以一張植株群落的生態照片作為主圖，另輔以花朵與果實的特寫圖片（少數欠缺果實特寫者，則儘量提供葉片特徵照）；部分種類並附花色或花瓣數變異的圖片。若有近似種，則盡可能一併提供具辨識關鍵的生態圖片。

●**特徵**：一或多年生低矮或直立型灌木。全株被細毛與星狀毛。葉心形或圓形，鋸齒緣。花瓣 5 枚，黃色，花徑可達20mm；花單葉腋。蒴果，多瓣集合成扁球形，頂端具突起；宿存萼片明顯短於果長

●**生態**：分布於平地至低海拔山區，生長在乾燥的路旁、荒地。盛花期為秋天。

[附記] 近似的另一變種毗內冬葵子（var. guineense），全株細毛與星狀毛較長，花徑可達35mm，宿萼與果約略等長。

62

●特徵：包括植株（莖）的壽命，習性，是否被毛；葉序，葉片的質地、外形與分裂程度，葉緣的形狀……；花冠的形態、瓣數，花色，花徑（說明詳見10頁），花序；以及果實的類型、外觀，部分兼述種子的特徵。

●附記：蝴蝶幼蟲的食草植物，或是人為利用。若有近似種，也會介紹，並提示主要的差異特徵。

●生態：包括該植物在台灣的海拔分布、棲地環境、盛花期，及是否為台灣的特有種或是歸化植物等。

8

【花色】　依照黃—白—藍—紫—紅—褐—綠順序排列。具有兩種以上花色的野花，則以其最主要的花色作為分類查對的依據。

■黃：含黃、淡黃、米黃、綠黃、濃黃、橙黃。

□白：指純白或幾近純白的花色。

■藍：含紫藍、藍、淡藍、水青。（附記：許多紫藍或藍色花在閃光燈拍攝下，照片會呈現藍紫或紫色，本書分類以野外肉眼所見為依據。）

■紫：含藍紫、紫、紫紅、淡紫紅、粉紅、淡粉紅。

■紅：含紅、橙紅、橙、磚紅、赭紅。

■褐：含褐、棕褐、紫褐、黑褐。

■綠：含黃綠、綠、淡綠。

【花瓣數】 ✴ ✳ ✢ ✤ ◉

　　依照多瓣—6瓣—5瓣—4瓣—少瓣順序排列。同一種野花的瓣數有時因個體差異而略有變化，原則上以最普遍常見者作為檢索的依據。為便於初學者查核，此處的「花瓣數」涵蓋範圍較廣，泛指看似花朵的部分，如離瓣花類的花瓣（或花被）、合瓣花類的花冠裂片，或是萼片、總苞片，以及菊科頭花中小花的數目，甚至狀似花瓣的葉片數。

■多瓣：花瓣或狀似花瓣的花被超過 6 枚，合瓣花中花冠裂片數目明顯多於 6 枚者，含菊科各類的頭狀花（少數頭花外圍固定只有 5 朵舌狀花者，外觀狀似一朵 5 瓣花，因而歸入 5 瓣中）。此外，部分由花瓣（或花被）極小的單一花朵所組成的密集花序，外觀近似菊科的頭狀花或呈穗狀花序也歸於此。

■6 瓣：主要指花瓣 6 枚、狀似花瓣的花被 6 枚、合瓣花中花冠明顯 6 深裂者。

■5 瓣：主要指花瓣 5 枚、狀似花瓣的花被 5 枚、合瓣花中花冠明顯 5 深裂者。

■4 瓣：主要指花瓣 4 枚、狀似花瓣的花被 4 枚、合瓣花中花冠明顯 4 深裂者。

■少瓣：包括花瓣或花被少於 4 枚（含無被花），或花冠筒狀、唇形、漏斗形等少於 4 深裂或裂片不明顯者；此外，豆科植物的蝶形花冠，5 枚花瓣大多數不明顯分離（其中翼瓣和龍骨瓣常相互疊合，外觀不易數出 5 枚），也置於少瓣中介紹。一般而言，少瓣花的排序為：花冠蝶形者—花瓣（或花被）3 枚者—花冠（或花萼）漏斗形、唇形、筒狀等—無被花（含佛燄苞花序）。

【花期】 1 2 3 4 5 6 7 8 9 10 11 12

　　指開花的月份，包含各地提早或延後的開花情況。必須特別說明的是：同一植物在台灣南北各地花期常有差異，不同海拔高度的花期也常有不同，而每年因氣候變化，花期也會略有差異。此外，因人為干擾，如定期或不定期的割草，常會引起特定區域野花花期的變化。

　　《備註》 書中少數種類的花期分割成不連續的一年二期，其中有的確實一年固定開兩次花，例如山珠豆（見 323 頁）於 4～5 月及11～12月間各開一次花；另一種情形是野外花期應是連續呈現，但作者調查年限不夠而略有差誤，今後若有更正則於再版中修訂。

【生長環境】 海 平 低 中 高

簡示該種植物的垂直分布高度

海 典型的濱海植物，僅生長在海岸或近海的地區，少數種類也會生長在平野或低海拔山區。（許多平野或低海拔地區的植物，也會生長在海邊，但書中此處不特別標記。）

平 生長在平地、郊野地區。

低 生長在海拔800公尺以下山區。

中 生長在800～2500公尺中海拔山區。

高 生長在2500公尺以上高海拔山區。

【生長習性】 草 灌 蔓藤

簡示該種植物的植株外觀

草 指直立或斜上生長的草本植物；莖幾乎不木質化、不具年輪。

灌 指直立的灌木、小灌木或半灌木（亞灌木）。

蔓藤 指匍匐性、攀緣性、纏繞性或平臥蔓生的草本、草質藤本、木質藤本，及極少數的蔓藤狀灌木。

《備註》 喬木不在本書介紹行列。

【生長條件】

簡示適合該種植物生長的日照條件

○ 常生長於全日照向陽環境的植物。

○ 全日照或半日照環境均可適應生長的植物。

○ 常生長在半日照環境的植物。

— 常生長在林下遮蔭環境的植物。

【花徑】 標示花朵的大小。在同一花色、瓣數之下，原則上同一類型的花（例如旋花科的漏斗形花冠），則依照花徑的大小先後出現。以下分就「整齊花」與「不整齊花」來說明花徑的量法。

●整齊花：花冠由花朵中心點向外輻射狀分布，一般狀況常可經由中心點任意切割成對等的兩部分，因而呈輻射狀對稱的花，稱為「整齊花」或「輻射對稱花」。此類花的花徑即是量取花冠的最大直徑。

●不整齊花：花冠生長的方式無法經由中心點任意切割成對等的兩部分，整體只有一道切割線（通常是和地面垂直的縱切線）能將花朵分成對等的兩部分，這種不呈輻射對稱而呈左右對稱的花，稱為「不整齊花」或「兩側對稱花」。此類花以花寬為準，亦即花朵的最大橫幅，或是花冠最大裂片、最大花瓣的橫幅。

《備註》 少數單一花朵極小而密集成花序者，則量取最小單位花序的直徑或最大橫幅。

整齊花

不整齊花

【學名】 以拉丁文所寫的國際通用名稱，至少包含屬名和種小名兩個字。有時，種小名之後還會出現亞種名、變種名等不同形式。以下就以本書出現的幾種情形，略加說明。

【例一】百香果 *Passiflora edulis*（見130頁）
　　　　　　　　①　　　　②

①第一個斜體字「*Passiflora*」是百香果的「屬名」，字頭習慣用大寫。
②第二個斜體字「*edulis*」是百香果的「種小名」，一律用小寫。

【例二】馬鞍藤 *Ipomoea pes-caprae* ssp. *brasiliensis*（見356頁）
　　　　　　　　　　　　　　　　①　　　②

①正體字「ssp.」表示「亞種」。
②其後的斜體字「*brasiliensis*」即為「亞種名」。

【例三】冬葵子 *Aubtilon indicum* var. *indicum*（見62頁）
　　　　　　　　　　　　　　①　　②

①正體字「var.」表示「變種」。
②其後的斜體字「*indicum*」即為「變種名」（此例中，「變種名」與「種小名」相同，表示冬葵子是原變種）。

【例四】濱蘿蔔 *Raphanus sativus* f. *raphanistroides*（見320頁）
　　　　　　　　　　　　　①　　　②

①正體字「f.」表示該植物是一種特定的「型」。
②其後的斜體字「*raphanistroides*」即為「型的名稱」。

【例五】台灣水龍 *Ludwigia* X *taiwanensis*（見56頁）
　　　　　　　　　　　　①

①學名中出現「X」，指本種為雜交種。

《備註》 某一種植物在某個或某些外觀形態上發生了特定的變異，而這個變異在演化過程中形成一個固定而能代代相傳的新形態外觀，假如這種情形發生於某一隔離之地域，那麼這種新形態的植物就會被稱為原先命名種的另一個亞種。若一種新變異形態的植物與原命名種有混棲的情況，則通常被稱為另一個變種。至於「型」則是指某一種植物在花色或其他特徵方面有一個固定的遺傳形態，但分類上又不足以被劃分成變種者。濱蘿蔔即是一般蔬菜蘿蔔（*Raphanus sativus*）的另一個不同的「型」。

用語圖解

【 花的基本構造 】

一朵典型的花（完全花），通常包含了萼片、花瓣、雄蕊、雌蕊四個部分，它們都著生在花柄（花梗）先端膨大的花托上。

萼片：合稱為「花萼」，位於花的最外輪，質地較堅韌，可用來保護內層的其他組織，並且防止水分的散失。

花瓣：常是一朵花最醒目的部位，一方面因多具有色澤、氣味，可以吸引昆蟲來訪花授粉；另一方面則有保護雄蕊與雌蕊的功能。花瓣和萼片合稱「花被」，通常使用於花瓣與萼片不容易區分的花朵。

雄蕊：由花絲與花藥構成。花藥上具有花粉囊，可以產生許多具有生殖細胞的花粉。

雌蕊：由子房、花柱和柱頭所構成。柱頭成熟時會分泌黏液，是接受花粉的部位；子房內有胚珠和胎座，接受花粉受精後的胚珠會在胎座上發育出種子。雌蕊是由一或數枚「心皮」發育而成，心皮即是一片大孢子葉向內包圍而構成，內有一或數個胚珠。

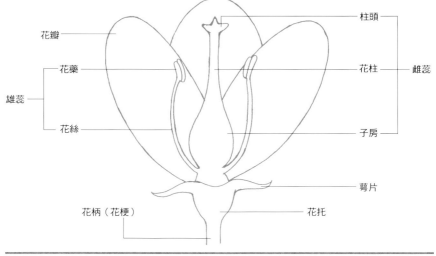

【 特殊的花——菊科的花 】

一般說的一「朵」菊花，其實並不是一朵花，而是由許多朵花共同組合而成的一個「頭狀花序」，因此稱為一個頭花比較合適。一個標準典型的頭花是由外圍一圈舌狀花（部分種類固定只有 5 朵，因而常被誤認成一朵花的 5 枚花瓣），和中央許多筒狀花（也稱管狀花）所共同組成，而最外輪類似萼片的部分則稱為「總苞」；外圍的舌狀花通稱為邊花，中央的筒狀花通稱為心花。部分菊科的頭花全數由舌狀花組成，部分則全數由筒狀花組成。

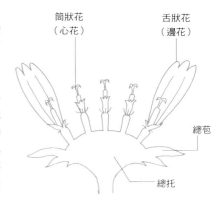

花冠的形態

一朵花的花瓣合稱為「花冠」，花冠依外觀差異可分成兩群：一群是每枚花瓣均獨立分開的離瓣花；一群是花瓣與花瓣間有不同程度之癒合連接的合瓣花。

離瓣花群

蝶形花冠：花瓣5枚，外形如蝶。
①旗瓣：最上一枚最大的花瓣。
②翼瓣：指側面2枚花瓣，通常較旗瓣小且不同形。
③龍骨瓣：指最下2枚花瓣，其下緣局部合生，狀如龍骨（船底弧形主樑）。

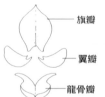
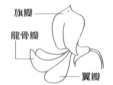

十字形花冠：花瓣4枚，呈十字對生。

輪形花冠：具4枚以上的花瓣，由中央向四周平面伸展，狀如車輪。

合瓣花群

筒狀花冠：花冠大部分面積癒合成一個細管狀或圓筒狀。

舌狀花冠：花冠基部合生成一個短筒，上方向單邊展開成扁平舌狀。

漏斗形花冠：花冠基部筒狀，向上逐漸擴大成漏斗狀。

鐘形花冠：花冠筒寬而稍短，至先端附近分離擴大成鐘形。

壺形花冠：花冠筒膨大成卵形或球形，先端縮成短頸狀，再略擴張成一窄口。

輪形花冠：花冠筒短，裂片由基部向四面平展，狀如車輪。

高杯狀花冠：花冠筒細長，先端呈輪形或漏斗形。

唇形花冠：花冠基部合成長短不一的筒狀，先端分裂成上、下兩部分，略呈二唇形。

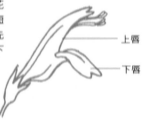

13

【 花序 】

花於枝條上的整體排列形態稱為「花序」；一般而言，花序的主枝稱「花軸」，分枝稱「花柄」，再分枝則稱「小梗」。花序因每一朵花成熟的早晚、花柄的長短和分枝的形態差異，可以區分出許多不同的類別，主要分成無限花序和有限花序兩大類：花軸上的

無限花序

穗狀花序：花軸向上持續伸長，著生的花不具花柄或花柄極短者。

複穗狀花序：整個花軸由下而上，具有許多分叉而出的穗狀花序。

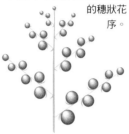

葇荑花序：形態近似穗狀花序，但花軸柔軟下垂，且整個花序均為單性花。

輪繖花序：花軸由下而上層層著生輪狀花序，或是開花的莖由下而上，每節葉腋均著生輪狀花序。

頭狀花序：花無柄或近無柄，密集著生於花軸頂端呈圓盤狀或隆起狀的總托上，形成一個頭狀體。

肉穗狀花序：穗狀花序的花軸肉質肥厚，著生多數無花柄之雄蕊或雌蕊，且整個花序常被一個大苞片（稱為佛燄苞）所包圍，故又稱佛燄苞花序。

有限花序

單生花：花軸頂端僅有一朵花者。

簇生花序：數朵花密集成簇狀，花序通常著生於葉腋。簇生的小花若在莖的四周形成輪狀生長，則稱為輪狀花序。

莖

大戟花序：又稱密繖花序，最小單位花序外圍呈一個杯狀、鐘狀或橢圓球狀的總苞（狀似一朵球形的花），苞片先端4～5裂，裂片間具蜜腺（部分種類蜜腺呈杯狀）；雌花單生，由中央向外伸展；雄花僅呈具柄的雄蕊，由苞片內壁生出。

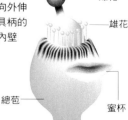

雌花

雄花

總苞

蜜杯

花由基部向上逐一成熟，或由外圍向內逐漸成熟，因此花軸的頂端或或花序中央仍可繼續發育出新生的小花，稱為「無限花序」；若花軸中央頂端著生一朵花，因而主軸的頂點成為永久組織，無法繼續發育生長，花則由頂點向下或由中心向外開放，稱為「有限花序」。（以下各示意圖中◯的大小提示開花的先後順序）

總狀花序：外觀略似穗狀花序，但花軸上的花明顯具有花柄。

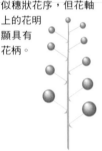

圓錐花序：花軸上具有數個或許多分枝，每個分枝呈現一個總狀花序，故又稱複總狀花序。

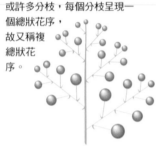

隱頭花序：花聚生於肉質中空的總花托內，而且被這個總花托所包圍，整體外觀如同一枚果實。

繖形花序：花具花柄，各花柄約略等長，從花軸頂端由外向內依序生出。此外，由數個繖形花序共同組合而成的花序，稱複繖形花序。

繖房花序：生長形態類似總狀花序，但花軸基部的花朵花柄最長，依序向上明顯變短，整體花序的各朵小花略呈平頭狀分布。

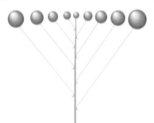

聚繖花序：花軸頂端先開一朵花，接著兩側分枝頂端各著生一朵花。

複聚繖花序：由數個聚繖花序組合而成，各花成熟的順序為：先是花軸頂端的花，接著是兩側花柄上的花，再來是依序分生的各小梗上的花，因此整體花序初期開花數少，後來盛開的花數多。

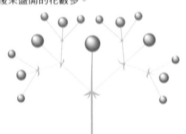

蠍尾狀花序：又稱卷繖花序，屬於另一形態的複聚繖花序，依序生出的花朵均偏向一側而略呈蠍尾狀彎曲。

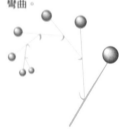

［ 果實 ］

一朵花的子房經授粉後，發育成熟即形成果實，而果實內（子房內）的胚珠受精成功即發育成種子。一般依據形成果實的子房數目多少，可以將果實區分成單生果、聚合果和多花果三類。

「單生果」是由具單一雌蕊的一朵花所發育成的果實，大多數植物的果實均是單生果，依構造不同可再分成乾果和肉果兩類。「乾果」是指果實成熟後，果皮的水分含量極少者；「肉果」則是指果實成熟後，果皮的

單生果		
乾果		
裂果：乾果成熟後，果皮會自行裂開者。		**閉果**：乾果成熟後，果皮不會自行裂開者。

莢果：由單心皮的子房發育而成，通常成熟時沿背、腹縫裂開，少部分則從種子與種子的節間斷裂，後者又稱「節莢果」。

節莢果

蓇葖果：由單心皮的子房發育而成，但成熟後僅由背縫或腹縫單邊開裂。

蒴果：由 2 個以上心皮的多室子房發育而成，熟果的開裂方式有 4 種：
●**孔裂**：自各心皮頂端開啟數個小孔將種子散出。
●**背裂**：自各心皮背部（背縫）裂開。
●**間裂**：自各心皮接縫裂開。
●**蓋裂**：自果皮上部橫斷成兩部分，上者呈蓋狀，下者呈杯狀。

角果：由 2 個心皮的子房發育而成，依果形長短而有長角果與短角果之分。開裂方式和莢果相近，但開裂後呈 3 片（兩側為果皮，中央者稱中隔）。

長角果

胞果（囊果）：果皮薄而膨脹，近似蓋裂狀的蒴果，但內部僅具 1 枚種子。

孔裂　　間裂

背裂　　蓋裂

穎果：由單心皮的子房發育而成；內含 1 粒種子，果皮和種皮癒合。

瘦果：由單心皮的子房發育而成；內含 1 粒種子，果皮和種皮分離，但果皮緊包種子，兩者不易剝離。

翅果：構造略似瘦果，但由 1 或 2 個心皮發育而成，具 1 或 2 粒種子，果皮和種皮密合，且果皮具有翼片狀的「翅」。

堅果：果皮木質化，內含 1 粒種子。

離果（分果）：由 2 個以上心皮的子房發育而成，但成熟後各心皮分離，因而各自獨立成 1 個小果，果皮不裂開，內含 1 粒種子

水分含量高，呈柔軟肉質者。

「聚合果」是由具有多數離生雌蕊的一朵花所發育成的果實，每個雌蕊的子房各自發育成一個小果實，整體的小果實集生或散生在同一個花托上。而「多花果」則是指由整個花序所發育成的一個果實。

《備註》 部分植物的雌蕊或未經授粉，或雖經授粉但胚珠並不發育成種子，然而它的子房卻可以因植物生長素的刺激而膨大成不具種子的果實，如此不經受精作用而發育出果實的情形稱為單性結果，例如鳳梨、香蕉和無子葡萄等。

| 聚合果 | 多花果 |

肉果

核果：由單心皮的子房發育而成，外果皮薄，中果皮肥厚多汁，內果皮厚硬（稱為核），核內具 1 枚種子。

柑果：由多心皮的子房發育而成。外皮厚軟，由外果皮和中果皮合成，含油泡；內果皮多汁分瓣。

仁果：花托亦發育成果實的一部分，果皮由花托表皮組織發育而成，花托其餘部分和子房的外果皮、中果皮發育成果肉部分，內果皮呈角質狀，內含種子數枚。

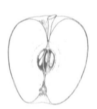

瓠果：由多心皮的子房發育而成，花托亦發育成果實之一部分，成熟後果皮堅厚，內果皮和胎座呈肉質。

漿果：由 1 至多個心皮發育而成，內含 1 至多個種子；外果皮薄，中果皮和內果皮柔軟多汁。

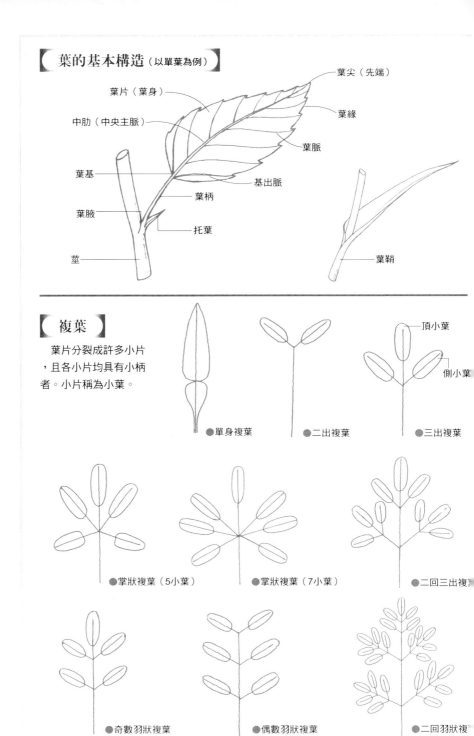

葉的基本構造（以單葉為例）

葉尖（先端）

葉片（葉身）

葉緣

中肋（中央主脈）

葉脈

葉基

基出脈

葉柄

葉腋

托葉

莖

葉鞘

複葉

葉片分裂成許多小片，且各小片均具有小柄者。小片稱為小葉。

頂小葉

側小葉

●單身複葉

●二出複葉

●三出複葉

●掌狀複葉（5小葉）

●掌狀複葉（7小葉）

●二回三出複葉

●奇數羽狀複葉

●偶數羽狀複葉

●二回羽狀複葉

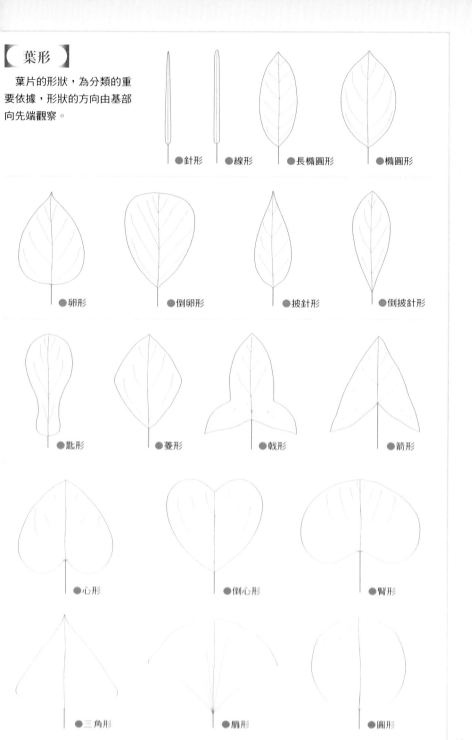

【 葉形 】

葉片的形狀,為分類的重要依據,形狀的方向由基部向先端觀察。

● 針形 　● 線形 　● 長橢圓形 　● 橢圓形

● 卵形 　● 倒卵形 　● 披針形 　● 倒披針形

● 匙形 　● 菱形 　● 戟形 　● 箭形

● 心形 　● 倒心形 　● 腎形

● 三角形 　● 扇形 　● 圓形

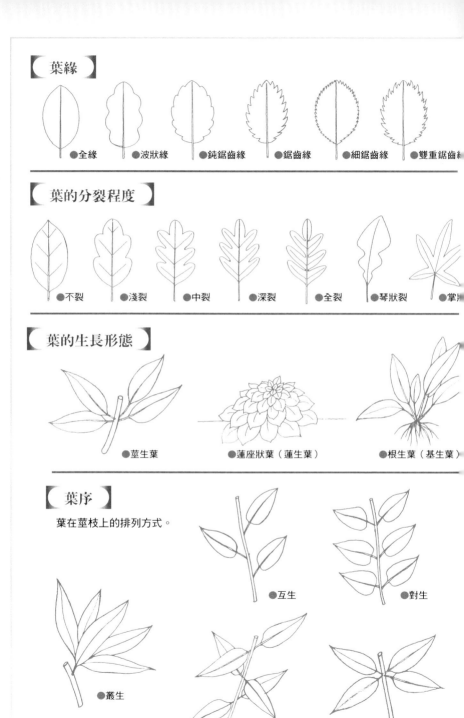

【 葉緣 】

●全緣　●波狀緣　●鈍鋸齒緣　●鋸齒緣　●細鋸齒緣　●雙重鋸齒緣

【 葉的分裂程度 】

●不裂　●淺裂　●中裂　●深裂　●全裂　●琴狀裂　●掌狀

【 葉的生長形態 】

●莖生葉　　●蓮座狀葉（蓮生葉）　　●根生葉（基生葉）

【 葉序 】

葉在莖枝上的排列方式。

●互生　●對生

●叢生

●十字對生　●輪生

名詞釋義

【 根 】

◆ **主根**：種子發芽後，由胚芽向地下所長出的一條粗大的根，稱為「主根」；由主根向外側生的小根，稱「側根」。

◆ **鬚根**：種子發芽長根後不久，主根便萎縮消失，而莖的基部著生許多大小、形狀相同的細根，稱為「鬚根」。

【 莖 】

◆ **一年生植物**：莖的壽命在一年內的植物。

◆ **二年生植物**：莖的壽命超過一年但不多於二年的植物。

◆ **多年生植物**：莖的壽命超過二年的植物。

◆ **草本植物**：莖幾乎不呈木質化，內側木質部極不發達，幾乎無年輪的植物，稱為「草本植物」。反之，莖木質化明顯，具發達木質部與年輪者，稱為「木本植物」。

◆ **藤本植物**：無法直立生長而只能依附他物生長的植物；莖幾乎不木質化者稱「草質藤本」，莖明顯木質化者稱「木質藤本」。

◆ **灌木**：多年生的直立木本植物，莖在近基部處便分叉出許多枝幹者。

◆ **小灌木**：通常指高度不及 1 公尺的矮小灌木。

◆ **半灌木（亞灌木）**：莖僅局部木質化的直立草本植物，通常近基部處的粗大主莖，木質化特別明顯。

◆ **小喬木**：多年生的直立木本植物，具有獨立粗大的主幹者稱「喬木」；相對地，植株較矮小的喬木稱「小喬木」。

◆ **水生植物**：生長於水中或極潮濕土壤的植物。莖挺出水面直立生長者，稱「挺水性植物」；主莖無法挺出水面，而多浮在水面附近匍匐生長者，稱「浮水性植物」。

◆ **寄生植物**：以特定部位（通常是莖或根）附著於其他植物上，並仰賴吸收該植物養分而生存的植物。

◆ **直立莖**：莖直立於地面上者。

◆ **斜上莖**：莖先斜向生長，然後向上直立生長者。

◆ **纏繞莖**：莖會旋轉纏繞其他細物（主要是別種植物的莖）生長者。

◆ **攀緣莖**：直接以攀登方式或利用卷鬚、吸盤或小根依附他物向上生長的莖。

◆ **平臥莖**：莖平臥於地面，節處不生根者。

◆ **匍匐莖**：莖平臥於地面，但節處會向地下生根者，又稱「走莖」。

◆ **根莖**：無性繁殖力強的地下莖，會分節，節上常著生退化的鱗狀葉，頂端則著生頂芽。

◆ **塊莖**：短而肥厚的肉質地下莖，通常由根莖末端發育而成。

◆ **球莖**：短而肥厚的肉質地下莖，下端具許多鬚根，外側具許多乾膜質的鱗片，上端具簇生葉，中央具花軸。

◆ **鱗莖**：由肥厚肉質的鱗片所構成的地下莖，頂芽位於中央。

◆ **卷鬚**：變態的細枝條，呈細而彎曲狀，以利纏繞他物者。

【 花 】

◆**不完全花**：一朵具有萼片、花瓣、雄蕊與雌蕊的花稱為「完全花」，缺少其中任何一部分者，則稱為「不完全花」。

◆**無被花**：缺少花被（萼片與花瓣）的花。

◆**單被花**：花被中僅具有萼片或僅具有花瓣的花。

◆**單性花**：一朵同時具有雄蕊與雌蕊兩種生殖器官的花，稱為「兩性花」。若一朵花僅具有雄蕊或雌蕊；或是雖同時具有雄蕊與雌蕊，但其中一種已經退化失去功能者，稱為「單性花」。

◆**雄花**：一朵花只有雄蕊，或是雄蕊有效、雌蕊無效者。

◆**雌花**：一朵花只有雌蕊，或是雌蕊有效、雄蕊無效者。

◆**雌雄同株**：一種植物的花都是單性花，而雄花與雌花並存於同一植株上。

◆**雌雄異株**：一種植物的花都是單性花，而雄花與雌花分別生長在不同植株上。

◆**自花授粉**：花粉自雄蕊上掉落至同一朵花的雌蕊柱頭，稱之為「自花授粉」。

◆**頂生**：花朵由莖的末端生出之情形。

◆**腋生**：花朵由葉腋生出之情形。

◆**副花冠**：花冠中央或內側另外具有一或數輪形狀各不相同，且顏色常特別醒目的附屬物，其功能為增加花朵的吸引力，以藉助昆蟲等媒介來授粉。

◆**花距**：花冠或花萼後方延伸出一個粗細、長短不一的中空管，稱為「花距」，其底部具有提供蜜源的蜜腺。

◆**蜜腺**：花朵上能分泌甜蜜的腺體，以吸引昆蟲等動物來吸食幫助授粉。外觀呈杯狀的蜜腺通稱「蜜杯」。

【 毛被物 】

◆**冠毛**：果實先端能增加隨風飄浮力的各種形態細毛。

◆**星狀毛**：莖、葉表面自同一基點向外散生一叢放射狀細毛者。

◆**腺毛**：莖、葉表面一根根先端能分泌腺液的細毛，通常腺液具黏性。

◆**腺點**：莖、葉表面能分泌腺液的小點狀腺體。

【 其他 】

◆**原生植物**：長年累代生長於本土的野生植物。

◆**歸化植物**：歷史可考的非本土植物，經由各種管道入境後，逐漸能於野外自然順利繁衍族群者。

◆**特有種**：僅見於特定地區的物種，本書中指僅產於台灣的植物。

◆**近緣種**：親緣關係相近的物種，通常指分類上屬於同一屬的物種。

◆**近似種**：外觀相近的物種，一般而言，分類上同一屬的物種外觀常相近似。

◆**食草**：昆蟲所賴以吃食維生的特定寄主植物，通稱「食草」。

P.24~51

小花密集成花序　P.24,25,27~51

多花被　P.26

P.52~93

花瓣5枚　P.52,53,56~62,64~68,70,71,74~84,87,89,91

花冠5裂　P.54,55,63,69,72,73,85,86,88,92,93

舌狀花5朵　P.90

P.94~102

花瓣4枚　P.94~99,101,102

花萼4裂　P.100

P.103~128

花冠蝶形　P.103~119

花冠漏斗形　P.121~123

花冠唇形　P.120

花冠（花萼）筒狀　P.124,125,127

花冠鐘形　P.126

佛燄苞花序　P.128

王爺葵

Tithonia diversifolia

1 2 3 　 　 　 　 　 　 10 11 12 　 平 低 中 　 草 　 ○

●**特徵：**多年生草本植物，外形高大狀似灌木；全株被毛。頭花濃黃色或橙黃色，特大醒目，徑可達 150 mm，頂生或腋生。瘦果長橢圓形。

●**生態：**分布於平地至中海拔山區，生長在荒地、路旁、林緣或山路邊坡。盛花期為晚秋至初冬。歸化種，原產於中美洲。

【附記】 常被誤認為向日葵，但向日葵頭花中央的筒狀花區域直徑較外圍舌狀花長。

日月潭

陽明山

日月潭

24

台灣山菊

Farfugium japonicum var. formosanum

菊科

●**特徵**：多年生草本植物；具粗走莖。根生葉（基生葉）略呈腎形，邊緣多角形並具微鋸齒；莖生葉線形。頭花黃色，徑可達66mm；花軸長，頭花呈圓錐狀排列，頂生。瘦果圓柱形，具白色冠毛。

●**生態**：分布於低、中海拔山區，北部尤其常見。生長在山區林緣、山路邊坡或日照較充足的林徑兩旁。盛花期為秋天。

【附記】 原變種山菊（var. *japonicum*）僅分布於蘭嶼、綠島，葉片全緣，不呈多角形。

仙人掌

Opuntia dillenii

仙人掌科

●**特徵：**多年生常綠肉質性灌木。老幹基部多呈圓柱形；莖多節，具許多相互連接的節片，節片扁平肥厚，散生具 1 ～ 5 枚棘針的小孔。花被多數，黃色，花徑可達65mm。漿果倒卵狀橢圓形，熟果橙紅色。

●**生態：**本種原產於西印度群島至墨西哥，各地普遍栽植。野外於西部海岸和澎湖自然歸化。

〔附記〕 果可食用。

新豐

新竹港南

新竹港南·未熟果

台灣蒲公英 *Taraxacum formosanum* 菊科

1 2 3 4 5 6　　　10 11 12　海　　　草　　　○

富貴角

●**特徵**：多年生草本植物。葉貼近地面叢生，狹長橢圓形，羽狀深裂。頭花黃色，徑可達38mm；花軸中空，頭花頂生。瘦果長橢圓形，淡褐色，具白色冠毛。

●**生態**：分布於中、北部濱海地區，生長在海岸砂地，偶爾著生於岩縫中。本種為台灣原生的蒲公英，但族群僅零星分布在濱海地區。盛花期為冬末與春季。

富貴角

富貴角

西洋蒲公英 *Taraxacum officinale*

菊科

●**特徵：**二或多年生草本植物。外觀近似台灣蒲公英（見前頁），頭花花徑可達34mm。主要差異是本種頭花的總苞片起初平展，後而逐漸反捲；前種則不反捲。本種頭花中舌狀花較狹小，且多而密集；前種較寬大稀疏。

●**生態：**分布於平地至高海拔山區，生長在開闊的向陽草地中，連台北市安全島或校園草坪中都很常見。原產於歐洲，歸化於世界各地。

關西

關西

關西

細葉剪刀股 剪刀股 *Ixeris debilis* 菊科

●**特徵：**多年生草本植物；具地下匍匐莖，於節處生根。葉線形或匙形，全緣至羽裂。頭花黃色，徑可達38 mm；每一花軸上具 1～5 個頭花。瘦果長紡錘形，具白色冠毛。

●**生態：**分布於新竹至宜蘭的濱海地區，生長在海岸邊砂地或近海的砂質荒地。

兔兒菜 兔仔菜 *Ixeris chinensis* 菊科

新店

新店

美濃·多頭苦菜

內雙溪

●**特徵：** 多年生草本植物。外觀略似細葉剪刀股（見前頁），但本種莖直立，於基部分枝，葉形變化很大。頭花黃色，徑可達24mm，呈鬆散的繖房狀排列。瘦果近似前種，外圍均具10條縱稜；末端連接冠毛處呈細柄狀，稱為「喙」。

●**生態：** 普遍分布於平地至中海拔山區，生長在開闊草地、道路兩旁、田埂或荒地。

【**附記**】 近似種多頭苦菜（*I. polycephala*），莖生葉呈狹長披針形，無柄，基部呈箭形抱莖。

濱剪刀股

Ixeris repens　　　　　　　　　　　　　菊科

富貴角

●**特徵：**多年生草本植物。和前兩種是同屬近緣的種類，但植株外觀明顯不同；具極長的地下匍匐走莖；葉具 3 深裂或呈三出複葉。頭花黃色，徑可達 24mm；舌狀花較前兩種寬大。瘦果紡錘形，稍扁，喙極短。

●**生態：**分布於北部海岸、澎湖與綠島，生長在海灘的砂地上。

富貴角

富貴角

雙花蟛蜞菊　*Wedelia biflora*　菊科

4 5 6 7 8 9 10 11　海　　　蔓藤

●**特徵：**多年生草質藤本植物；莖基部木質化，全株具伏貼的短毛。葉菱形，細鋸齒緣；為台灣同屬4種中光澤最弱的一種。頭花黃色，有時舌狀花呈淡黃色；徑可達32mm；頭花3～6個頂生於花軸，但常兩兩成對生長。瘦果倒卵形，具3稜。

●**生態：**分布於各地濱海地區，偶爾可見於低海拔山區。生長在海邊的荒地，或匍匐於岩壁草叢、灌叢間。

墾丁龍磐

關渡

關渡

天蓬草舅 <small>單花蟛蜞菊</small> *Wedelia prostrata* 菊科

富貴角

●**特徵**：多年生草質藤本植物；具地下匍匐莖，於節處生根。葉橢圓形、卵圓形或披針形；被疏毛，但仍具光澤。頭花黃色，徑可達32mm，單一頂生。瘦果倒卵形，具 3 或 4 稜。

●**生態**：分布於各地海岸，生長在海灘及附近的砂地。

南美蟛蜞菊

三裂葉蟛蜞菊   *Wedelia trilobata*   菊科

1 2 3 4 5 6 7 8 9 10 11 12   平 低   蔓藤

●**特徵：** 多年生草質藤本植物；莖匍匐而後斜上生長。葉常 3 裂。頭花黃色，徑可達32mm，單一頂生。瘦果倒卵形。

●**生態：** 原產於美洲，引進為綠、美化植栽。庭園、公園的草坪或都市安全島極為常見。在山區的道路邊坡也常被利用為水土保持的綠化植栽，生長情形良好，易被誤認成野生植物；局部地區有歸化的情形。

內雙溪

內雙溪

幅隆

蟛蜞菊 *Wedelia chinensis*

●**特徵：**多年生草質藤本植物；莖細長，匍匐於地上，於節處生根。葉線形至披針形，全緣或疏鋸齒緣。頭花黃色，徑可達26 mm，單一腋生。瘦果倒卵形，具3稜。

●**生態：**分布於北部平地至低海拔山區，生長在濕地、田埂或廢耕水田等環境。

苦苣菜 *Sonchus arvensis*

1 2 3 4 5 6 7 8 9 10 11 12　　平 低 中　　草　　　○

●**特徵：**多年生草本植物；具地下匍匐莖，地上莖高可達2m。根生葉長橢圓狀倒披針形。頭花黃色，徑可達28mm，呈繖房狀排列；花梗與總苞密布腺毛。瘦果長橢圓形，扁平且具5縱稜；白色冠毛多層密實。

●**生態：**分布於平地至中海拔山區，生長在荒地、路旁、林緣或山路邊坡。

烏來

埔里

陽明山

36

苦滇菜 苦菜 *Sonchus oleraceus*

菊科

觀霧

●**特徵：**一或二年生草本植物；莖粗大、中空、無毛。葉外形變化大，具不規則銳鋸齒緣或深裂；葉基呈尖銳的耳狀。頭花黃色，徑可達22mm，呈繖房狀排列；花梗與總苞不具腺毛或疏生腺毛。瘦果長橢圓形，白色冠毛多層密實。

●**生態：**分布於平地至中海拔山區，生長在荒地、路旁、林緣或山路邊坡。

新店

新店

鵝仔草 山萵苣　*Pterocypsela indica*　　　菊科

埔里本部溪

1 2 3 4 5 6 7 8 9 10 11 12　　平 低 中　　草　　　○

●**特徵：**多一或二年生草本植物。葉形變化極大，長橢圓形、披針形或線形；全緣至羽狀深裂。頭花淡黃色至米白色，中央顏色較深，徑可達26mm；呈圓錐狀排列。瘦果紡錘形，黑色，扁平，具白色冠毛。

●**生態：**分布於平地至中海拔山區，生長在荒地、田邊、路旁、林緣或山路邊坡。

【附記】　近似種台灣山苦蕒（*P. formosana*）全株被短硬毛，莖常呈紫褐色；葉形較寬，呈倒卵形或橢圓形；頭花呈繖房狀排列，花冠外側常帶淡紫色。

陽明山

陽明山

38

鬼針 *Bidens bipinnata*

 8 9 10 11 平 低 草

墾丁龍磐

●**特徵：**多年生草本植物。葉為奇數羽狀複葉至三回羽狀裂葉，多鋸齒緣。頭花黃色，徑可達20mm；花形略似蟛蜞菊類（見32～35頁）外觀，但由果實可明顯區分。瘦果線形，具 2 ～ 4 枚有倒刺的芒狀冠毛。

●**生態：**多分布於南部平地至低海拔山區，生長在開闊荒地或山路邊坡。

墾丁龍磐

屏東瑪家

黃三七草

Gynura japonica

菊科

●**特徵：**多年生草本植物；莖基部常具塊莖。葉互生；葉形變化大，長橢圓形至匙形，不規則的鋸齒緣，常呈羽狀或琴狀裂。頭花橙黃色，無舌狀花，徑可達20mm；呈繖房狀排列。瘦果細紡錘形，具縱稜與白色冠毛。

●**生態：**分布於低、中海拔山區，生長在路旁、草叢、林緣。

【**附記**】 栽培種蔬菜紅鳳菜（*G. bicolor*）葉片背面紫色，偶有歸化的情形。

大屯山

大屯山

大屯山

白鳳菜　*Gynura divaricata* ssp. *formosana*　　菊科

北濱南雅

●**特徵**：多年生草本植物；全株被毛，莖斜生或平臥。葉互生，具翼狀長柄，匙形或橢圓形，常不規則淺裂，葉緣為疏淺齒緣，先端較黃三七草（見前頁）鈍。頭花橙黃色，無舌狀花，徑可達18mm；花軸（總梗）長，頭花呈繖房狀排列。瘦果細紡錘形，具縱稜與白色冠毛。

●**生態**：分布於濱海地區，生長在海岸草叢，偶爾出現在低海拔山區。特有亞種植物。

〔附記〕 葉可煮食。

北濱南雅

北濱南雅

長柄菊 *Tridax procumbens*

1 2 3 4 5 6 7 8 9 10 11 12　平 低　草　○

●**特徵：**多年生草本植物；經年累月後，下方匍匐莖多分枝成大群落。葉卵形至披針形，粗鋸齒緣或分裂。頭花淡黃色至米黃色，舌狀花5～7朵；頭花花徑可達18mm，單一頂生。瘦果圓柱形，冠毛呈羽毛狀。

●**生態：**分布於平地至低海拔山區，中、南部特別常見，海邊也很普遍。生長在荒地、路旁等向陽環境。歸化種，原產地為熱帶美洲。

鳳山

鳳山

鳳山

大頭艾納香 *Blumea riparia var. megacephala* 菊科

1 ☐☐☐☐☐☐☐☐ 10 11 12 ☐☐ 低 ☐☐ 矮 蔓藤

新店

●**特徵：**多年生小灌木或攀緣懸垂性灌木。葉厚紙質，長橢圓形，疏齒緣呈短刺狀。頭花黃色，無舌狀花，徑可達16mm；呈圓錐狀排列，頂生或腋生。瘦果圓柱形，具10稜，密生冠毛。

●**生態：**分布於低海拔山區，多生長攀爬在林緣灌叢或山路旁的植物間。

內雙溪

內雙溪

細葉假黃鵪菜

Crepidiastrum lanceolatum

菊科

| | | | | | 6 | 7 | 8 | 9 | 10 | 11 | | 海 | | | | | 草 | | ○ |

●**特徵：**多年生草本植物
；主莖粗短，木質化，並
可側生許多分枝走莖。葉
革質，卵形至匙形；莖生
葉基部不呈耳狀，簇生於
花軸中段。頭花黃色，徑
可達16mm；花軸由主莖
側生的走莖上斜出，頭花
頂生。瘦果長紡錘形，略
扁平。

●**生態：**分布於北、南、
東部海岸，主要生長在岩
壁或路旁碎石荒地。

【附記】 近似種台灣假黃
鵪菜（*C. taiwanianum*）為
特有種植物，僅見於墾丁
地區、蘭嶼、綠島。花軸
由主莖直接長出，莖生葉
基部耳狀，互生；頭花較
大。

鼻頭角

鼻頭角

鼻頭角

刀傷草 *Ixeridium laevigatum*

大屯山

●**特徵：**多年生草本植物。植株外觀變化大；根生葉革質，橢圓形至倒披針形，近全緣、不規則鈍粗鋸齒緣或羽狀分裂。頭花黃色，舌狀花不超過12朵；頭花花徑可達14mm，頂生。瘦果長紡錘形，具長喙；冠毛不純白，為米黃色或淡黃褐色。

●**生態：**廣泛分布於平地至中海拔山區，生長在路旁、山路邊坡、河岸、海岸等開闊環境。

新店

內雙溪

黃鵪菜

Youngia japonica

菊科

1 2 3 4 5 6 7 8 9 10 11 12　□ 平 低 中 □　草 □ □

●**特徵：**二年生草本植物。外觀略似刀傷草（見前頁），但本種植株較小，葉紙質；花亦黃色，但舌狀花超過12朵，頭花花徑可達12mm；瘦果紡錘形，不具長喙，冠毛白色。

●**生態：**廣泛分布於平地至中海拔山區。大部分的向陽或半遮蔭環境均可適應生長，連都市大廈的陽台花盆或頂樓花園草地上，都可見到自然繁殖的植株。

【**附記**】　本種在台灣共分3個亞種，其中分布於北海岸的亞種，頭花花徑大於15mm。

46

●**特徵：**一年生草本植物；全株被絨毛，多分枝。葉倒卵形至長橢圓形；羽狀分裂，葉緣波浪形。頭花黃色，不具舌狀花，徑可達10mm，單一頂生或腋生。瘦果具腺體與膜質冠毛。

●**生態：**分布於南部平地至低海拔山區，生長在較濕潤的荒地、田埂、休耕田或湖泊、濕地旁的開闊地。

金腰箭舅 *Calyptocarpus vialis*

菊科

1 2 3 4 5 6 7 8 9 10 11 12　　平 低　　草　　○

●**特徵：**多年生草本植物；莖呈匍匐狀，滿布伏貼的剛毛。葉卵形或寬卵形，密布短剛毛。頭花黃色，舌狀花４～９朵；頭花花徑可達10mm，單一腋生。瘦果倒錐形，具２枚針狀冠毛。

●**生態：**分布於平地至低海拔山區，生長在路旁、荒地、草坪。歸化種，原產於美國、墨西哥及古巴，在都市中常被廣植為安全島的草坪。

台北市

台北市

台北市

金腰箭 *Synedrella nodiflora*

菊科

美濃

●**特徵：**一年生草本植物。葉長橢圓形至卵形，滿布伏貼的剛毛。頭花黃色，舌狀花小，可達 6～7 朵；頭花花徑可達 7 mm，單一或 2～7 個簇生，腋生。瘦果兩型；舌狀花的瘦果扁平細長；筒狀花的瘦果三角形或狹扁形，具 2 枚芒刺。

●**生態：**分布於平地至低海拔山區，中南部特別常見。生長在路旁、荒地、山路邊坡和林緣。歸化種，原產於南美洲。

屏東萬家

屏東萬家

裂葉艾納香 *Blumea laciniata* 菊科

1 2 3 4 5 ☐ ☐ ☐ ☐ ☐ ☐ 平 低 中 ☐ 草 ☐ ☐ ○

●**特徵：**一年生草本植物
；莖直立。葉膜質，羽狀
或琴狀裂，葉緣鋸齒狀。
頭花黃色，不具舌狀花，
徑可達6mm；呈圓錐狀排
列；花梗、總苞被柔毛與
腺毛。瘦果圓柱形，具10
稜，冠毛白色。

●**生態：**分布於平地至中
海拔山區，生長在路旁、
荒地、山路邊坡。

龍崎

龍崎

龍崎

鼠麴草

Gnaphalium luteoalbum ssp. *affine*

菊科

●**特徵：**二年生草本植物；全株密被白色綿毛。葉匙形或倒披針形。頭花小，黃色，不具舌狀花，徑多不及 2 mm，但數目多而密集，頂生於分枝，呈密繳房狀排列。瘦果長橢圓形，冠毛米黃色。

●**生態：**分布於平地至中海拔山區，生長在田野、荒地、路旁或山路邊坡。盛花期為春季。

【**附記**】　葉片為製粿的原料。

木虌子 *Momordica cochinchinensis*

瓜科

| | | | 6 | 7 | 8 | 9 | 10 | 11 | | | 低 | | | | 蔓藤 | |

●**特徵：**多年生攀緣性木質藤本植物。單葉，互生，3 深裂。花瓣 5 枚，米黃色，花寬可達 110 mm；單性花，雌雄異株；雄花單生於葉腋或 3 ～ 5 朵簇生，雌花單生葉腋。瓠果具短刺，熟果紅色。

●**生態：**分布於低海拔山區，南部、東部較常見。主要生長在森林中，攀爬於樹叢上。

【附記】 未熟綠色果實可煮食；但熟果種子有毒且具惡臭，不能食用。

美濃

美濃·雄花

桃園復興·未熟果

香葵 *Abelmoschus moschatus*

錦葵科

金山

●**特徵：** 一年生草本植物；全株被星狀毛。葉掌狀深裂，粗鋸齒緣。花瓣 5 枚，黃色，花心黑紫色，花徑可達85mm；花單生於葉腋。蒴果滿布粗毛，成熟 5 裂。

●**生態：** 分布於平地與低海拔山區，生長在荒地、路旁或休耕田地。

金山

金山

黑眼花 翼柄鄧伯花　　*Thunbergia alata*　　爵床科

台南楠西

嘉義汸水・白眼花

台南楠西

曾文水庫

●**特徵**：多年生蔓性或攀緣性草本植物；莖細長，被短毛。葉對生，三角狀卵形，先端尖銳，兩面被毛，葉柄翼狀。花冠筒狀5深裂，黃色，筒心黑色；花徑可達40mm，花單生於葉腋。蒴果扁球形，常由宿存的萼片包覆。

●**生態**：分布於台中、南投、嘉義、台南四縣的低海拔山區，生長攀爬在林緣植物間。一般多偏好有部分遮蔭的環境。歸化種，原產於熱帶非洲。

【**附記**】　近似種白眼花（*T. gregorii*）歸化情形較不普遍，主要差異是筒心淡黃色至米白色。

54

苦瓜 小苦瓜、野苦瓜 *Momordica charantia var. abbreuiata* 瓜科

1 2 3 4 5 6 7 8 9 10 11 12 　平 低 　　 蔓藤 　○

屏東萬安

●**特徵：**一年生草質藤本植物；莖被柔毛，卷鬚單一不分叉。葉5～7深裂。花冠鐘形，5裂，黃色，徑可達32mm；花單性，雌雄同株，雄、雌花均單一腋生。瓠果，具呈縱稜狀排列的尖疣突；熟果橙色。

●**生態：**分布於平地至低海拔山區，北部較少見。生長在林緣、山路邊坡或開闊荒地上。

〔**附記**〕果可煮食，但熟果具微毒，忌食用過量。

屏東萬安・雄花

鳳山

台灣水龍 *Ludwigia X taiwanensis*

1 2 3 4 5 6 7 8 9 10 11 12　平低　　　蔓藤

●**特徵：**多年生匍匐浮水性草本植物；莖光滑，分枝斜上生長；節處生根，偶爾具由根特化的紡錘形白色氣囊。葉互生，橢圓形至匙狀長橢圓形，兩面光滑。花瓣 5 枚，黃色，花徑可達30mm；花單生葉腋。蒴果線形，熟果彎曲下垂。

●**生態：**分布於平地至低海拔山區，生長在河溝、溪流、池澤邊緣或各類水田。

埔里

埔里

望江南　*Senna occidentalis*

8 9 10 11　　平 低　　草　　☀

南投南山溪

●**特徵：**一或二年生草本植物；莖基部木質化。偶數羽狀複葉；小葉 3～6 對，卵形至卵狀長橢圓形，先端尖銳。花瓣 5 枚，黃色，花寬可達30 mm；總狀花序腋生。莢果線形，微彎，略扁平。

●**生態：**分布於平地與低海拔山區，生長在荒地、路旁。歸化種，原產於美洲。

【附記】 葉片為淡黃蝶、水青粉蝶幼蟲食草。

南投南山溪

南投南山溪

決明 *Senna tora* 豆科

●**特徵：**一年生草本植物；莖基部木質化。偶數羽狀複葉；小葉 3 對，倒卵形至長橢圓形，先端圓形。花瓣 5 枚，黃色，花寬可達22mm；總狀花序腋生。莢果線形，呈 4 稜長柱狀。

●**生態：**分布於中、南部平地至低海拔山區，生長在河邊、路旁、荒地與山路邊坡。

【附記】 炒熟的決明子可泡茶飲用。葉片為淡黃蝶、水青粉蝶幼蟲食草。

埔里

埔里

埔里

禺毛茛 *Ranunculus cantoniensis*

毛茛科

1 2 3 4 5 6 7 8 9 10 11 12　□ 平 低 中　草

南投南山溪

●**特徵：**一年生草本植物；莖被密毛，直立，不具走莖。三出複葉或3深裂，頂小葉或裂片再3裂；表面被疏毛，背面被毛。花瓣5枚，黃色，花徑可達27mm；聚繖花序頂生。聚合果為球形；單一瘦果扁平光滑，頂端呈尖鉤狀。

●**生態：**分布於平地至中海拔山區。生長在路旁、林緣等潮濕地上。

南投南山溪

南投南山溪

59

揚子毛茛 *Ranunculus sieboldii* 毛茛科

①②③④⑤⑥⑦⑧⑨⑩⑪⑫　　低中　　草　　

●**特徵：**一年生草本植物。外觀近似禺毛茛（見前頁），主要差異是該種莖直立，不具走莖，因此植株常呈獨立一棵；而本種莖斜上生長或匍匐，且具走莖，因此植株常擴散成低矮的一小叢。

●**生態：**分布於中、北部低、中海拔山區，低海拔山區較少見。生長在潮濕的林緣地帶與山路旁。

陽明山

陽明山

陽明山

60

台灣蒺藜 *Tribulus taiwanense*

蒺藜科

旗津

●**特徵：**一年生蔓性草本植物；莖具毛。偶數羽狀複葉；小葉 4～8 對，被伏毛。花瓣 5 枚，黃色。花徑可達25mm；花單生於葉腋。蒴果為離果，成熟後分裂成 5 個菱角狀的小果，每個小果兩端各有 1 枚尖刺。

●**生態：**分布於中、南部海岸與澎湖，匍匐生長在海岸砂地上。盛花期為春、夏季。

旗津

旗津

冬葵子 磨盤草 *Aubtilon indicum* var. *indicum* 錦葵科

鳳山

鳳山

西螺‧畿內冬葵子（果實）

鳳山

●**特徵：**一或多年生低矮或直立型灌木；全株被細毛與星狀毛。葉心形或圓形，鋸齒緣。花瓣 5 枚，黃色，花徑可達20mm；花單生葉腋。蒴果，多瓣集合成扁球形，頂端具突起；宿存萼片明顯短於果長。

●**生態：**分布於平地至低海拔山區，生長在乾燥的路旁、荒地。盛花期為秋天。

【**附記**】 近似的另一變種畿內冬葵子（var. *guineense*），全株細毛與星狀毛較長，花徑可達35mm，宿萼與果約略等長。

毛玉葉金花　*Mussaenda pubescens*

墾丁龍磐

●**特徵：**多年生常綠蔓性灌木。葉長橢圓形、長橢圓披針形或橢圓形。雌雄異株；花冠長漏斗形，5裂，黃色，徑可達20mm；聚繖花序頂生；花萼5裂，其中一片擴大成葉片狀，帶微綠或微黃的白色。蒴果橢圓形；熟果肉質，紫黑色。

●**生態：**分布於低、中海拔山區，生長在林緣或山路邊坡。北部花期4～6月，南部花期較長。

【附記】 以往本島同屬的玉葉金花（*M. parviflora*）和台灣玉葉金花（*M. taiwaniana*）均已合併入本種。

屏東瑪家

內湖・未熟果

圓葉金午時花 *Sida cordifolia* 錦葵科

●**特徵：**多年生草本植物；莖基部木質化，小枝具長直毛與星狀毛。葉心形或卵形，葉基呈心形，兩面滿布星狀毛。花瓣5枚，淡黃色，略具光澤，花徑可達20mm；花萼被長星狀毛；花單生或數朵簇生葉腋。蒴果，心皮多為8枚；成熟心皮頂端具有2枚長芒刺，芒刺上滿布倒刺。

●**生態：**分布於平地與低海拔地區，中、南部常見。生長在荒地、路旁或海岸砂灘。

64

澎湖金午時花

Sida veronicifolia

錦葵科

●**特徵：**匍匐性或斜上生長的半灌木；莖被星狀毛。葉短小，通常小於花；圓形或卵形，葉基心形；兩面具短毛。花瓣5枚，黃色，花徑可達19mm；花萼具疏毛；花數朵簇生或呈短總狀花序，偶單生；腋生。蒴果，心皮5枚；成熟心皮不具芒刺。

●**生態：**分布於中、南部海岸地區，生長在短草叢或砂質地上。

金午時花　*Sida rhombifolia* ssp. *rhombifolia*　錦葵科

陽明山

南投南山溪

日月潭

陽明山

●**特徵：**多年生直立半灌木；莖被星狀毛。葉菱形或長橢圓狀披針形，葉基圓形、鈍或尖銳，兩面被短星狀毛。花瓣 5 枚，黃色至米黃色，花徑可達17 mm；花萼被短星狀毛；花單生葉腋。蒴果，心皮 8～10枚；成熟心皮頂端具 2 枚尖突或芒刺。

●**生態：**分布於平地至低海拔山區，生長在路旁、荒地或農田附近。

細葉金午時花 *Sida acuta* 錦葵科

1 2 3 4 5 6 7 8 9 10 11 12　　平 低　　　灌

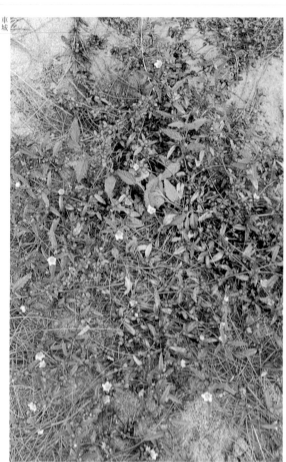

●**特徵：**多年生直立半灌木；莖近光滑。葉披針形，兩面近光滑，粗鋸齒緣。花瓣 5 枚，黃色，花徑可達15mm；花萼光滑無毛；花單生或成對簇生於葉腋。蒴果，心皮 6 ～ 7 枚；成熟心皮頂端具 2 根芒刺。

●**生態：**分布於平地至低海拔山區，生長在路旁或荒地。

【附記】 生長於海邊的植株，莖常略呈匐匐狀。

酢醬草

黃花酢醬草　　*Oxalis corniculata*　　　　　　　　酢醬草科

●**特徵：**多年生草本植物；莖匍匐或斜上生長，具地下球莖。三出複葉，互生，具長柄；小葉倒心形。花瓣 5 枚，黃色，花徑可達19mm；花一至數朵成繖形狀簇生。蒴果圓柱狀，具 5 稜。

●**生態：**分布於平地至中海拔山區，普遍生長在各類荒地、草叢間。成熟的果實心皮裂開瞬間，會將種子彈射出去。

【附記】 葉片為沖繩小灰蝶幼蟲食草。

陽明山

新店

新店

番茄 小番茄 *Lycopersicon esculentum* 茄科

水里

●**特徵：**一或多年生草本植物；莖具長柔毛與黃色腺毛。奇數羽狀複葉，小葉外形變化大。花冠5裂，黃色，徑可達19mm；總狀花序。漿果球形，熟果橙紅色。

●**生態：**分布於平地至中海拔山區，生長在較乾燥的路旁與荒地。本種即一般的水果小番茄，原產於熱帶美洲，各地常有歸化情形。

【附記】 熟果酸甜可口，但植株和未熟果有毒。

水里

日月潭

賽葵

Malvastrum coromandelianum

●**特徵：**多年生直立小灌木。葉互生，卵形、卵狀橢圓形或卵狀菱形。花瓣5枚，淡黃色或米黃色，花徑可達18mm；花單生葉腋。蒴果為離果，扁球形；每一個小果扁腎形。

●**生態：**分布於平地至低海拔山區，普遍生長在路旁與荒地。歸化種，原產於熱帶美洲。植株冬季開花較不普遍，北部花期較短。

三芝

美濃

美濃

翻白草 *Potentilla discolor*

薔薇科

●**特徵：**多年生草本植物；莖密被柔毛。奇數羽狀複葉；根生葉具 5 ～ 7 枚小葉，莖生葉小葉 3 枚；小葉橢圓形，粗鋸齒緣。花瓣 5 枚，黃色，花徑可達17mm；聚繖花序腋生。瘦果多而小，呈聚合果狀。

●**生態：**分布於平地至低海拔山區，生長在開闊荒地或海邊。

【**附記**】 近似種日本翻白草（*P. nipponica*）根生葉具 7 ～13枚小葉，莖生葉小葉 3 ～ 9 枚。

蓬萊珍珠菜 蓬萊珍 *Lysimachia remota* 報春花科

●**特徵：**多年生草本植物，略具匍匐性；全株被毛。葉卵形或菱狀卵形，全緣。花冠 5 深裂，黃色，邊緣具細齒，花徑可達16 mm；總狀花序頂生。蒴果球形，具長毛；熟果褐色。

●**生態：**分布於中、北部平地與低海拔山區，尤其是海岸丘陵地最常見。生長在田野荒地、路旁和農田附近。

龍洞

龍洞

龍洞

雙輪瓜 *Diplocyclos palmatus*

瓜科

屏東萬安

●**特徵：**一年生蔓性或攀緣性草本植物。單葉，互生；掌狀5深裂，疏鋸齒緣。單性花，雌雄同株；花冠鐘形，5裂，黃色，徑可達15mm；雌、雄花常一同簇生於葉腋。瓠果球形，具白色縱斑；熟果紅色。

●**生態：**主要分布在低海拔山區，常攀爬生長在林緣或山路旁的灌叢間。

屏東萬安・雄花

六龜

73

蛇莓 *Duchesnea indica*

薔薇科

1 2 3 4 5 6 7 8 9 10 11 12　平 低 中　蔓藤

內雙溪

內雙溪

大屯山‧台灣蛇莓（果實）

陽明山

●**特徵：**多年生匍匐性草本植物，具走莖。三出複葉；小葉菱狀卵形，粗鋸齒緣。花瓣5枚，黃色，各瓣先端凹入，花徑可達14mm；花單生葉腋。聚合果，單一瘦果扁球形；熟果紅色。

●**生態：**廣泛分布於平地至中海拔山區，生長在道路兩旁或草坪間，都市安全島中也常見。

【**附記**】 以往的台灣蛇莓（*D. chrysantha*），今被併入本種，但該種葉、花、果均明顯較大，且花瓣先端凹入不明顯，果實外觀亦不同。

鵝鑾鼻決明 *Chamaecrista garambiensis*

豆科

墾丁龍磐

●**特徵**：多年生匍匐性草本植物。偶數羽狀複葉；小葉 5～14 對，歪斜橢圓形。花瓣 5 枚，黃色，花寬可達 14mm；雄蕊 4 或 9 枚；花單生或數朵呈短總狀花序，腋生。莢果線形，扁平，密被絨毛。

●**生態**：僅分布於墾丁、鵝鑾鼻一帶，生長在海岸附近的砂質地。特有種植物。

墾丁龍磐

墾丁龍磐

大葉假含羞草 *Chamaecrista nictitans var. glabrata* 豆科

●**特徵：**多年生直立草本植物；莖基部木質化。偶數羽狀複葉；小葉14～24對，橢圓形。花瓣5枚，黃色，花寬可達12mm；雄蕊10枚；花單生或數朵呈短總狀花序，腋生。莢果線形，扁平，絨毛較前、後二種稀疏。

●**生態：**分布於平地與低海拔山區，生長在路旁、荒地。歸化種，原產於熱帶美洲。冬季開花情形較不普遍。

【附記】 葉片為星黃蝶、端黑黃蝶幼蟲食草。

76

假含羞草 *Chamaecrista mimosoides* 豆科

1 8 9 10 11 12 平 低 草

魚池

●**特徵**：一年生直立或傾臥狀草本植物；莖基部木質化。偶數羽狀複葉；小葉30～60對，歪斜長橢圓形。花瓣 5 枚，黃色，花寬可達10mm；雄蕊10枚；花單生或數朵呈短總狀花序，腋生。莢果線形，扁平，密被絨毛。

●**生態**：分布於平地與低海拔山區，山區較常見。生長在道路兩旁和開闊荒地。

【**附記**】 葉片為星黃蝶、端黑黃蝶幼蟲食草。

魚池

新店

77

台灣佛甲草 石板菜 *Sedum formosanum* 景天科

3 4 5 6　　　　　　海　　　草　　　○

●**特徵：**一年生草本植物。葉肉質，匙形、互生。花瓣 5 枚（偶有 4 枚），黃色，花徑可達13mm；聚繖花序頂生。蓇葖果 5 個（偶有 4 個），尖銳直立。

●**生態：**分布於全島海岸，北海岸、東北角相當普遍。生長在岩石石縫或礫石地。

龍洞

龍洞

龍洞

78

疏花佛甲草 *Sedum uniflorum*

景天科

北濱北關

●**特徵：**多年生草本植物。葉肉質，小型，葉長小於10mm；密集互生，柱狀寬匙形。花瓣5枚（偶有4枚），黃色，花徑可達10mm；花單一頂生或偶5～6朵呈穗狀花序。蓇葖果5個（偶有4個）呈放射狀外展。

●**生態：**分布於北部海岸地帶，生長在砂灘地或岩礫區的小碎石地。

北濱北關

北濱北關

79

星果佛甲草 *Sedum actinocarpum*

2 3 4 5 低 中 草

●**特徵：**一年生草本植物。外觀近似台灣佛甲草（見前頁），花數量稍少，花徑可達 7 mm；最主要的差異是本種蓇葖果 5 個（偶有 4 個），呈星形放射狀向外平展。

●**生態：**分布於低、中海拔山區，生長在山路邊坡碎石地或排水較佳的礫土坡。特有種植物。

烏來

烏來

烏來

垂桉草 *Triumfetta bartramia*

田麻科

魚池

●**特徵：**一年生草本植物或半灌木。葉形變化大，寬卵狀菱形或橢圓形，部分 3 裂，部分不裂；葉背密生星狀毛。花瓣 5 枚，黃色，花徑可達12mm；聚繖花序，腋生或頂生；萼片 5 枚，狀似花瓣，但顏色稍淡，且先端具紅斑，外側具瘤突與細毛。蒴果卵球形，密生短絨毛和長鉤刺。

●**生態：**分布於平地至低海拔山區，中、南部常見。生長在荒地、路旁與山路邊坡。盛花期為秋季。

魚池

六龜

臭垂桉草 *Triumfetta tomentosa*

田麻科

●**特徵：**多年生直立半灌木。葉卵形或狹卵形，葉背密生星狀毛。花瓣 5 枚，黃色，花徑可達 9 mm；聚繖花序，腋生或頂生。蒴果球形，密生粗長果刺，先端不彎曲成鉤狀，但果刺密生垂直的長毛。

●**生態：**分布於低、中海拔山區，生長在路旁、荒地或山路邊坡。植株具有強烈的腥臭氣味。

埔里本部溪

埔里本部溪

埔里本部溪

地耳草 *Hypericum japonicum*

金絲桃科

●**特徵：**一或二年生草本植物；老莖具 4 條縱紋。葉卵形或橢圓形，對生。花瓣 5 枚，黃色，花徑可達12mm；聚繖花序。蒴果圓筒形或近球形。

●**生態：**分布於平地至低海拔山區，生長在路旁、荒地或廢耕田地。

龍牙草 *Agrimonia pilosa*

●**特徵：**多年生具地下莖的草本植物；莖具長硬毛。奇數羽狀複葉，被柔毛，粗鋸齒緣；葉背灰綠色。花瓣 5 枚，黃色，花徑可達11mm；總狀花序。瘦果長橢圓形，包藏在花盤（花托先端膨大的部分）中；果托具 5 縱溝，花盤邊緣具鉤刺。

●**生態：**分布於中、北部平地與低海拔山區，生長在路旁或林緣的草地、荒地。

烏來

烏來

烏來

天花 倒吊金鐘 *Mukia maderaspatana* 瓜科

1 2 3 4 5 6 7 8 9 10 11 12 ☐ 平 低 ☐ ☐☐ 蔓藤 ⦿

風吹砂

●**特徵**：多年生蔓性草本植物；莖具稜。單葉，互生，明顯被毛；卵形至三角狀卵形，3～5淺裂。花冠鐘形，5裂，黃色，徑可達10mm；雌雄同株，異花；雄花簇生，雌花單生或簇生。瓠果球形，被疏毛；熟果紅色。

●**生態**：分布於平地至低海拔山區，生長在乾燥的草地或攀爬在林緣植物上，海邊也能適應生存。

富貴角・雄花

風吹砂

龍珠 *Tubocapsicum anomalum*

6 7 8 9 10　　平 低 中　　草

●**特徵：**多年生草本植物。葉卵形或橢圓狀卵形，全緣。花冠寬鐘形，5裂，淡黃色，裂片外翻，花徑可達8 mm；花數朵簇生葉腋。漿果球形，熟果紅色。

●**生態：**分布於平地至中海拔山區，生長在路旁、空地、海邊、岩岸、林緣或較光亮的林下。

陽明山

陽明山

烏來

繩黃麻 *Corchorus aestuans*

田麻科

●**特徵：**一年生半灌木；莖呈淡紅褐色，具柔毛。葉狹卵形至寬卵形，細鋸齒緣。花瓣5枚（偶有4枚），黃色，花徑可達8mm；花單生葉腋或呈聚繖狀。蒴果圓柱狀，具明顯翼片狀縱稜。

●**生態：**分布於中、南部平地至低海拔山區，生長在路旁、荒地或休耕的田地。

小茄 *Lysimachia japonica*

1 2 3 4 5 6 　　　　　平 低 中　　蔓藤 ●

●**特徵：**多年生匍匐性草本植物；莖有稜，具柔毛。葉卵形至腎形，具透明的腺點。花冠 5 深裂，黃色，徑可達 7 mm；花單生葉腋。蒴果球形，具疏柔毛。

●**生態：**分布於平地至中海拔山區，生長在路旁、郊野荒地或略潮濕的低窪地區。

烏來

烏來

馬齒莧 豬母乳 *Portulaca oleracea*　　　　　　馬齒莧科

| | | 4 | 5 | 6 | 7 | 8 | 9 | 10 | | | 平 低 | | 草 | | ○ |

●**特徵：**一或二年生肉質草本植物；莖多紫褐色。葉長橢圓狀倒卵形或匙形。花瓣 5 枚，黃色，花徑可達 7 mm；花頂生或腋生，多 3 ～ 5 朵簇生於枝條頂端。蒴果蓋裂；種子黑色，數量多。

●**生態：**普遍分布於平地至低海拔山區，生長在路旁、荒地、農田，連都市人行道磚縫中也常見。開花時間短，僅上午 7 ～ 10 時左右。

【附記】　本種為雌紅紫蛺蝶幼蟲食草。

豨薟 *Siegesbeckia orientalis*

菊科

1 2 3 4 5 6 7 8 9 10 11 12　　平 低 中　　草　　○

●**特徵：**一年生草本植物；莖密被絨毛。葉卵狀橢圓形或三角狀卵形，不規則淺裂或鈍鋸齒緣。頭花黃色，徑可達 7mm，呈圓錐狀排列；舌狀花多為 5 朵，因而置於 5 瓣中介紹。瘦果滿布腺毛，彎曲、無冠毛；總苞 5 枚，長匙形，具腺毛。

●**生態：**分布於平地至中海拔山區，生長在路旁、荒地、農田附近。

新埔

新埔

新埔

90

穗花賽葵

Malvastrum spicatum

錦葵科

 3 4 5 6 7 8 9 10 11 12　平 低　草　○

●**特徵：**多年生草本植物，外觀略似小灌木；全株密被細毛。葉卵形，鋸齒緣。花瓣5枚，黃色，花徑可達6 mm；密集的穗狀花序，頂生或腋生。蒴果扁球形。

●**生態：**分布於平地至低海拔山區，生長在路旁、荒地或農田附近。歸化種，原產於熱帶美洲。

鳥松

鳥松

鳥松

91

台灣敗醬 *Patrinia formosana*

敗醬科

●**特徵：**多年生草本植物，外觀略似小灌木；全株密被短毛。葉寬卵形，鋸齒緣。花冠漏斗形，5裂，黃色或米白色，徑可達4mm；複繖房花序，頂生或腋生。瘦果卵球形，具寬大的圓形翼片。

●**生態：**分布於低、中海拔山區，生長在山路旁、林緣與山路邊坡。

烏來

新店

新店

菟絲子 *Cuscuta australis*

1 2 3 4 5 6 7 8 9 10 11 12　□ 平 低 □　□ 蔓藤 ○

●**特徵：**一年生蔓性寄生草本植物。莖具纏繞性，黃色或淡黃褐色；葉退化成鱗片狀。無根，絲狀莖會穿入寄主莖中吸收養分。花冠短鐘形，5 裂，淡黃色，花柱 2 枚；花徑可達 4 mm。蒴果略呈扁球形，成熟由花柱間裂開。

●**生態：**分布於平地至低海拔山區，生長在荒地、路旁、海灘與都市安全島上的草叢。

【附記】 近似種台灣菟絲子（*C. japonica* var. *formosana*）熟果蓋裂；中國菟絲子（*C. chinensis*）花柱僅 1 枚，花明顯較長。

裂葉月見草 *Oenothera laciniata*

●**特徵：**多年生草本植物。葉互生，狹橢圓形或倒卵形，具疏鋸齒緣，偶幾全緣；長日照的秋冬植株，葉片泛紅斑。花瓣4枚，黃色，略呈心形；花徑可達40mm；花單生於上部葉腋。蒴果圓柱形，具4稜。

●**生態：**本屬台灣共有5個歸化種，本種原產地為北美洲，廣泛分布於中、北部海濱砂灘地，偶見於低、中海拔山區。生長在海濱的植株莖多匍匐，山區者多直立。花於下午至黃昏綻開，清晨左右凋謝；盛花期為春、夏季。

新豐

新豐

新豐

水丁香 *Ludwigia octovalvis*

柳葉菜科

1 2 3 4 5 6 7 8 9 10 11 12　平 低　　草

●**特徵**：一或二年生草本植物；莖具縱稜，基部常木質化。葉線形至狹卵形。花瓣 4 枚，黃色，各瓣先端弧形內凹，花徑可達 38mm；花單生於葉腋。蒴果狹長圓柱形，頂端有宿存萼片。

●**生態**：分布於平地至低海拔山區。屬水生植物，普遍生長在各類池澤環境、河岸或水田田埂、山溝旁濕地，連較乾燥的休耕水田中也很常見。

三芝

龍潭

龍潭

細葉水丁香 *Ludwigia hyssopifolia* 　　　　柳葉菜科

1 2 3 4 5 6 7 8 9 10 11 12 　□ 平 低 □ □ 　草 □　　　○

●**特徵：**一年生草本植物。植株、葉片外觀變化大；一般時期葉多披針形，但秋冬植株變得矮小，葉片泛紅。花瓣 4 枚（偶有 5 枚），黃色，先端尖狹；花徑可達15mm。蒴果狹長圓柱形。

●**生態：**分布於平地至低海拔山區。生長環境和水丁香（見前頁）相同，也是水生植物。

小燈籠草 *Kalanchoe gracilis*

景天科

●**特徵：** 多年生肉質草本植物。葉片變化大，基部葉較大，常 3 裂，鈍鋸齒緣；中、上部葉多 3 深裂，裂片狹披針形，先端圓形，偶有多達 7 深裂或三出深裂狀複葉。花瓣 4 枚，黃色，先端尖銳；花徑可達24mm；聚繖花序頂生。蓇葖果卵狀橢圓形。

●**生態：** 分布於低、中海拔山區，生長在礁岩或岩石山壁間。特有種植物。

鵝鑾鼻燈籠草 *Kalanchoe garambiensis* 景天科

9 10 11　海　　　　草

●**特徵**：多年生肉質草本植物。單葉，匙形，全緣。花瓣4枚，黃色，花徑可達20mm；花瓣較前、後頁二種寬大，縱長略長於橫寬，先端稍尖銳或圓鈍；聚繖花序頂生。蓇葖果卵狀橢圓形。

●**生態**：僅分布於高雄柴山與恆春半島海岸邊的珊瑚礁岩上。特有種植物。

〔附記〕 葉片為台灣黑燕蝶幼蟲食草。

墾丁龍磐

倒吊蓮　*Kalanchoe spathulata*　　　　景天科

屏東瑪家

●**特徵：**多年生肉質草本植物。單葉，匙形至披針形，鈍鋸齒緣，先端尖銳；下部葉偶呈 3 裂。花瓣 4 枚，黃色，先端尖銳；花徑可達16mm；聚繖花序頂生。蓇葖果卵狀橢圓形。

●**生態：**分布於低、中海拔山區，生長在山路邊坡岩壁或礫土草叢間。

【附記】葉片為台灣黑燕蝶幼蟲食草。

屏東瑪家

屏東瑪家

番杏 *Tetragonia tetragonides*

① ② ③ ④ ⑤ ⑥ 　　　　海　　　草　　　○

●**特徵：**多年生草本植物；嫩枝與葉片肉質。葉三角狀卵形或菱狀卵形。無花瓣，花萼內側黃色，4裂外展，狀似花瓣；花徑可達 9 mm；花 1～2 朵腋生。核果倒錐形，具 4 個角突。

●**生態：**本種為典型濱海植物，生長在海灘砂地。

【附記】 本種是可口的野菜。

向天黃 *Cleome viscosa*

鳳山

●**特徵**：一年生草本植物；莖具腺毛。掌狀複葉；小葉 3 或 5 枚，具短絨毛，先端鈍或圓。花瓣 4 枚，黃色，花徑可達 8 mm；總狀花序。蒴果狹長圓柱狀，具縱溝與腺毛。

●**生態**：分布於平地與低海拔山區，生長在路旁、荒地或海岸附近。

【附記】 葉片為紋白蝶、台灣紋白蝶幼蟲食草。

鳳山

鳳山

葶藶

Rorippa indica

十字花科

1 2 3 4 5 6 7 8 9 10 11 12　平 低 中　草　○

●**特徵：**多年生草本植物。葉長橢圓狀披針形，不規則鋸齒緣，偶有琴狀裂。花瓣4枚，黃色，花徑可達8 mm；總狀花序，頂生或腋生。角果長圓柱形。

●**生態：**分布於平地至中海拔山區，生長在路旁、草叢、荒地。

【附記】 葉片為紋白蝶、台灣紋白蝶幼蟲食草。本種平時中名慣稱「山芥菜」，與產於高海拔山區的山芥菜（*Barbarea orthocera* var. *formosana*）分隸於不同屬，外觀不容易混淆。

新店

陽明山

陽明山

102

黃豬屎豆 *Crotalaria micans* 豆科

南投魚池

●**特徵：**多年生草本植物，外觀狀似灌木；莖被毛，基部木質化。三出複葉；頂小葉長橢圓形，先端漸尖。花冠蝶形，黃色，寬可達26mm；長總狀花序，頂生。莢果長橢圓形，被短毛，熟果黑色；未熟果常與花並見於同一花軸，果莢不下垂。

●**生態：**分布於平地與低海拔山區，生長在空曠的河床或路旁荒地。歸化種，原產於熱帶美洲、非洲，可供為綠肥作物。

南投魚池

南投魚池

103

南美豬屎豆 光萼野百合 *Crotalaria zanzibarica* 豆科

三峽

魚池

魚池

●**特徵：**多年生灌木；莖微被毛。三出複葉；頂小葉長橢圓形，先端尖銳。花冠蝶形，黃色，寬可達13mm；萼片光滑無毛；長總狀花序，頂生。莢果長橢圓形，被短毛，熟果黑色；果柄在花軸上向下反折，果串下垂。

●**生態：**分布於平地與低海拔山區，南部較少見。生長在河床、路旁、荒地。歸化種，原產於南美洲，可供為綠肥作物。

黃野百合

Crotalaria pallida var. obovata

豆科

屏東瑪家

屏東瑪家

屏東瑪家

●**特徵**：多年生灌木；莖被倒伏毛。外觀近似南美豬屎豆（見前頁），主要差異為：頂小葉倒卵形至倒卵狀橢圓形，先端圓形至微凹；花寬可達11mm，花瓣上紫褐色縱線較明顯，但基部的暗紫褐色斑不明顯；萼片被長毛。

●**生態**：分布於平地至低海拔山區，北部較少見。生長環境和南美豬屎豆相同。

【附記】 本種與南美豬屎豆的花瓣、未熟果，均為波紋小灰蝶幼蟲食草。

赤小豆 *Vigna umbellata*

豆科

2 3 4 5 6 7 8 9 10 11　　平 低 中　　蔓藤　○

●**特徵**：多年生草質藤本植物；莖細長蔓生，被逆向長毛。三出複葉；頂小葉寬卵形至披針形，被毛，全緣或微幅淺裂；托葉長 7 ～ 8 mm。花冠蝶形，黃色，寬可達25mm；翼瓣扭曲歪斜，龍骨瓣末端呈喙狀突出；總狀花序，具長花軸。莢果細長線形，被不明顯的伏貼短毛；果莢下垂。

●**生態**：分布於平地至中海拔山區，生長在路旁荒地或山路邊坡。原為栽培作物，目前普遍歸化。

【**附記**】 花與未熟果為波紋小灰蝶幼蟲食草。

埔里

屏東瑪家

屏東瑪家

106

小葉豇豆 *Vigna minima var. minor* 豆科

●**特徵**：一年生草質藤本植物；莖蔓生，近無毛或被極短毛。三出複葉；頂小葉寬橢圓形，側小葉常歪斜，葉表近無毛。花冠蝶形，黃色，外形近似赤小豆（見前頁）花朵特徵，寬可達18mm。莢果線形，近無毛。

●**生態**：分布於南、北兩端濱海地區，生長在開闊地或礁岩環境。

長葉豇豆　*Vigna luteola*　豆科

●**特徵**：多年生蔓性草本植物；莖被疏倒伏毛。三出複葉；頂小葉長卵形或橢圓形至長橢圓形，兩面被疏毛。花冠蝶形，黃色，寬可達24mm；總狀花序腋生；花軸長，近無毛。莢果線形，密被伏毛。

●**生態**：分布於濱海地區，生長在海岸砂地、草叢或河岸荒地。

濱豇豆　*Vigna marina*　　　　豆科

●**特徵：**多年生草質藤本植物；莖光滑，蔓生。三出複葉；頂小葉寬卵形至長橢圓狀卵形，兩面光滑。花冠蝶形，黃色，寬可達20mm。總狀花序，具長花軸。莢果線形，光滑無毛。

●**生態：**分布於濱海地區，生長在海灘草叢或近海的砂質地。

〔附記〕本屬各類豇豆的花、嫩果均為波紋小灰蝶幼蟲食草。

印度田菁 *Sesbania sesban* 豆科

●**特徵：**多年生高大灌木，莖無毛。偶數羽狀複葉，小葉少於20對。花冠蝶形，黃色，寬可達12mm；萼片不具腺毛；總狀花序腋生。莢果長線形，扭曲下垂。

●**生態：**分布於平地至低海拔山區，生長在空曠荒地、河岸。歸化種，原產於亞洲熱帶地區。

【附記】 本種與次種田菁的花為波紋小灰蝶、小白波紋小灰蝶幼蟲食草，葉為荷氏黃蝶幼蟲食草。

鳳山

鳳山

鳳山

田菁　*Sesbania cannabiana*　　　　豆科

鳳山

●**特徵：**一年生草本植物；莖基部木質化，幼枝被長毛。外觀近似初年生的印度田菁（見前頁），主要差異為：本種的小葉大部分超過20對，萼片具腺毛，莢果直立或平展，不扭曲。

●**生態：**分布於平地至低海拔山區，生長在空曠荒地，尤其是新近整過地的區域。歸化種，原產於埃及。

【**附記**】　本種是優良綠肥，常被廣植為農田間作作物。

內雙溪

內雙溪

和氏豇豆 *Vigna hosei*

1 2　5 6 7 8 9 10 11 12　平 低　蔓藤

●**特徵：**多年生草質藤本植物；莖細長，被疏柔毛。三出複葉，頂小葉寬卵形至橢圓形，兩面被疏毛。花冠蝶形，黃色，寬可達12mm；花 3 ～ 4 朵著生於短花軸上，腋生。莢果長橢圓形，被毛。

●**生態：**分布於平地至低海拔山區，生長在林緣、路旁、荒地、草叢或河岸。北部花期為夏季。

蓮華池

蓮華池

三峽

鵝鑾鼻野百合　*Crotalaria similis*　　豆科

●**特徵：**多年生匍匐性矮小的草本植物；莖密被長絲毛。單葉，密集互生；葉表無毛，葉背被長絲毛。花冠蝶形，黃色，寬可達8mm；總狀花序或花單生，頂生。莢果橢圓形，表面無毛。

●**生態：**分布於恆春半島的鵝鑾鼻至九棚村附近海岸，生長在沿海砂地上。

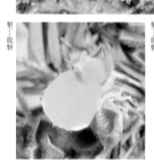 

113

響鈴豆 *Crotalaria albida*

豆科

●**特徵：**一年生直立草本植物；莖被柔毛。單葉，倒披針形，互生；葉表光滑，葉背被柔毛。花冠蝶形，黃色，寬可達7.5mm；總狀花序頂生。莢果圓柱形，無毛。

●**生態：**分布於平地至中海拔山區，生長在荒地、路旁草叢、林緣或海岸砂質地。

仁愛鄉南豐村

仁愛鄉南豐村

仁愛鄉南豐村

蔓蟲豆

Cajanus scarabaeoides

豆科

●**特徵：**多年生攀緣性或蔓生草本植物；莖細長，被毛。三出複葉，兩面被短絨毛與腺點；頂小葉倒卵形至橢圓形，側小葉歪斜。花冠蝶形，黃色，寬可達 6 mm；花單生或呈總狀花序，腋生。莢果長橢圓形，被褐色長毛，果莢於種子間凹陷。

●**生態：**分布於平地與低海拔地區，生長在路旁開闊地、荒地與河岸。

小葉括根 *Rhynchosia minima*

豆科

●**特徵：**一年生纏繞性草本植物；莖近光滑無毛。三出複葉；頂小葉倒卵形，先端圓形或平截；背面僅葉脈被毛，具黃褐色微小腺點。花冠蝶形，黃色，寬可達 5 mm；總狀花序腋生。莢果扁平，倒披針形或鐮刀形，種子多為2粒。

●**生態：**主要分布於南部濱海地區，低海拔山區偶爾可見。生長在海岸草叢、路旁開闊地、草叢、荒地。

圓葉野扁豆 *Dunbaria rotundifolia*

豆科

●**特徵：**一年生攀緣性草本植物；莖略木質化，密被極短的直毛。三出複葉；頂小葉四方橢圓形，兩面密被極短的毛，葉背具紅褐色微小腺點。花冠蝶形，黃色，寬可達4.5mm；總狀花序腋生。莢果扁平，呈倒披針形或長橢圓形。

●**生態：**分布於南部平地至低海拔山區，生長在路旁、荒地與林緣。

印度草木樨 *Melilotus indicus*

4 5 6 7　　　海　　　草　　　○

新竹港南

新竹港南

新竹港南

●**特徵**：一或二年生草本植物。三出複葉；頂小葉線形，端半部具微鋸齒緣；葉脈明顯。花冠蝶形，黃色，寬約 2 mm；總狀花序腋生。莢果橢圓球形，表面具不明顯粗皺摺，無毛。

●**生態**：分布於北部海岸，生長在開闊砂質地。歸化種，原產於歐洲。

天藍苜蓿　*Medicago lupulina*

豆科

新竹港南

●**特徵：**一年生草本植物；莖被柔毛。三出複葉；小葉倒卵形，先端鈍形；端半部具不明顯的微鋸齒緣。花冠蝶形，黃色，小型；頭狀花序頂生，花序徑可達5mm。莢果彎曲無刺，具細毛。

●**生態：**分布於北部平地至低海拔山區，生長在開闊砂質地，海邊草地相當普遍。歸化種，原產於歐洲與亞洲。

〔**附記**〕　本種花序外觀雖似一個多瓣的頭狀花，但每一小花皆是典型的蝶形花冠，故仍放在少瓣中介紹。

陽明山

陽明山

忍冬 金銀花 *Lonicera japonica*

忍冬科

4 5 6　　　　　　　低　　　　憂腸　○

●**特徵：**多年生蔓性藤本植物；小枝具短毛。葉寬披針形、橢圓形或卵形，先端漸尖；兩面被毛。花初開為白色，後轉成黃色；花冠基部筒狀，先端分裂成二唇形，花寬可達16 mm；花成對腋生。漿果球形，熟果黑色。

●**生態：**分布於低海拔山區，攀爬生長在林緣或山路旁灌叢間。

【附記】 葉片為台灣星三線蝶、紫單帶蛺蝶幼蟲食草。

內湖

陽明山

菜欒藤

Merremia gemella

旋花科

屏東老埤

●**特徵**：一年生纏繞性草質藤本植物；莖細長，無毛。單葉，互生；披針狀卵心形，全緣或不明顯鋸齒緣，多具短伏毛。花冠漏斗形，5淺裂或10淺裂，黃色，徑可達36mm；花單生或數朵呈聚繖狀花序，腋生。蒴果卵球形，表面光滑無毛。

●**生態**：分布於南部平地至低海拔山區，攀爬生長在路旁、荒地或林緣的植物叢間，或農田、住宅的圍籬上。

屏東老埤

屏東老埤

121

卵葉菜欒藤　*Merremia hederacea*　　　　　旋花科

●**特徵：**一年生纏繞性草質藤本植物；莖細長，光滑或散生微小突起。葉卵形至披針形，全緣或鈍鋸齒緣至3深裂；葉柄近基部處具明顯小瘤突。花近似菜欒藤（見前頁），但明顯較小，徑可達14mm，花冠多10淺裂；花數眾多。蒴果卵球形，表面無毛。

●**生態：**分布於中、南部平地至中海拔山區。生長環境和菜欒藤略同，偶爾會蔓生於地面。盛花期為秋季。

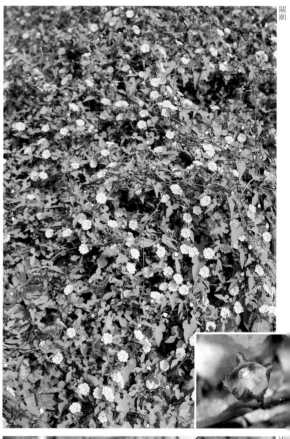

關廟

埔甲本部溪

野牽牛 姬牽牛 *Ipomoea obscura* 旋花科

1 2 3 4 5 6 7 8 9 10 11 12　　平　低　　　蔓藤

屏東萬安

●**特徵：**一年生纏繞性藤本植物；莖細長，多光滑。葉卵狀心形，全緣，光滑。花冠漏斗形，米黃色或米白色，徑可達28mm；花1～3朵簇生，腋生。蒴果卵球形。

●**生態：**分布於平地至低海拔山區，攀爬生長在路旁、荒地、林緣植物叢間或圍籬上，偶爾蔓生於開闊地面。

屏東內埔

屏東內埔

俄氏草 *Titanotrichum oldhami* 苦苣苔科

●**特徵：**多年生草本植物，全株被毛。葉橢圓形或長橢圓形，先端尖銳；端半部細鋸齒緣，兩面被短毛。花冠筒狀，黃色，筒內具棕紅色斑，花寬可達22mm；總狀花序頂生。蒴果卵球形，具細長的喙狀突起。

●**生態：**分布於低、中海拔山區，生長在極潮濕的山壁草叢間或小山溝旁。

烏來

烏來

烏來

異葉馬兜鈴

台灣馬兜鈴　　*Aristolochia heterophylla*　　馬兜鈴科

 2 3 4 5 　　　　　　　　　低　　　　　蔓腺

●**特徵：**多年生蔓性或攀緣性藤本植物；全株被毛。單葉，互生；葉形變化大，長橢圓狀腎形或戟形，葉基心形或耳形；全緣或 3 裂。花萼呈 U 形管狀，先端開口喇叭狀，外側淡黃色，內側心部黃色，喇叭狀開口深紫褐色，寬可達 20mm；花單生葉腋。蒴果卵球形，具 6 粗縱稜。

●**生態：**分布於低海拔山區，攀爬或蔓生在開闊荒地、林緣或步道旁。

〔附記〕 葉片為麝香、台灣麝香、紅紋、大紅紋、黃裳等鳳蝶幼蟲食草。

燈籠草 苦蘵 *Physalis angulata* 茄科

●**特徵：**一年生草本植物；莖、枝被短疏毛。單葉，對生；卵形至橢圓形，先端尖銳，不規則鋸齒緣；近無毛。花冠鐘形，米黃色，徑可達10mm；花單生葉腋。漿果球形，包藏在膨大後的宿萼中；宿萼具10稜。

●**生態：**分布於平地至低海拔山區，生長在路旁、荒地、林緣或農田附近。

〔**附記**〕 熟果可食用。

鳳山

鳳山

美濃

台灣黃菫　*Corydalis tashiroi*　紫菫科

●**特徵：**二年生草本植物。二回羽狀複葉；羽片卵形至倒卵形，小葉羽狀淺裂。花冠筒狀，由4枚花瓣相連而成，黃色，寬可達4mm；總狀花序，腋生或頂生。蒴果線形。

●**生態：**分布於中、北部平地至中海拔山區，北海岸亦常見，生長在路旁荒地和林緣。一般記載本種僅分布於北海岸和中海拔山區，形成地理上不連續分布情形。但根據個人野外觀察記錄，陽明山、新店、烏來、三峽等低山林緣仍有穩定族群。

127

柚葉藤 *Pothos chinensis*

●**特徵：**多年生常綠藤本植物；莖細長多節。單身複葉，互生；葉片長橢圓形至線狀披針形，基部翼葉與葉片間具關節。肉穗狀花序米黃色，短橢圓形，徑可達 7 mm，腋生；綠色肉質的佛燄苞未包覆住整個花序。漿果橢圓形，熟果紅色。

●**生態：**主要分布於平地林緣與低海拔山區，生長在稍有陽光的林內樹幹上，或山壁岩石上。

烏來

烏來

多花被　P.130,131

小花密集成花序　P.132,133,135~138,140~149

P.130~149

花冠多裂片
P.134

雄蕊多而顯著
P.139

花冠6裂
P.150,152,155

花瓣（花被）6枚
P.151,153,154

P.150~155

花冠5裂　P.156,172~189,193,195,
196,199,200,204,205,207,208,215,216

花瓣（花被）5枚　P.157~171,
190~192,194,197,198,203,206,209~214

P.156~216

舌狀花5朵
P.201,202

花瓣4枚　P.217~222, 224, 226, 228~231

總苞片4枚　P.223

P.217~234

花冠4裂　P.225,227,232~234

花冠蝶形
P.235,236

花冠喇叭形
P.241,243

花瓣3枚　P.237~240,242,244~247

花冠唇形
P.253~255,260

百香果 西番蓮　*Passiflora edulis*

西番蓮科

 | 4 5 6 7 8 | 低 中 | 蔓藤 |

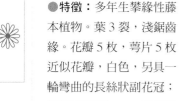

●**特徵：**多年生攀緣性藤本植物。葉3裂，淺鋸齒緣。花瓣5枚，萼片5枚近似花瓣，白色，另具一輪彎曲的長絲狀副花冠；花徑可達75mm。漿果長球形；熟果紫褐色，味酸甜可口。

●**生態：**分布於低、中海拔山區，攀爬於林緣植物上或生長在空曠荒地與廢棄林道路面。屬於廣泛分布的歸化種水果植物，原產於巴西。

新店

埔里

新店·木柵

130

毛西番蓮 *Passiflora foetida*

●**特徵：**多年生蔓性或攀緣性藤本植物；全株被粗毛。單葉，互生，卵狀橢圓形，3裂，具密毛。花瓣5枚，萼片5枚近似花瓣，白色，另具一輪白色或基半部紫紅色的線形副花冠；花徑可達30mm。漿果球形，熟果橙黃色。

●**生態：**分布於中、南部平地至低海拔山區，生長在路旁荒地、圍籬或海岸砂地。歸化種，原產於南美洲。

大花咸豐草 大白花鬼針 *Bidens pilosa* var. *radiata* 菊科

●**特徵**：多年生草本植物；莖方形，具縱稜。葉為單葉或奇數羽狀複葉；小葉卵形或披針形，粗鋸齒緣。頭花邊花（舌狀花）5～8朵，白色，偶有紫紅色，花冠長10～18mm；心花（筒狀花）黃色；頭花徑可達45mm，呈繖房狀排列。瘦果黑色，具2～3枚被倒刺的芒狀冠毛。

●**生態**：廣泛分布於平地至低海拔山區，海邊也非常普遍，生長在路旁和各類荒地、雜草地。

小白花鬼針 咸豐草 *Bidens pilosa* var. *minor*

菊科

●**特徵：**一年生草本植物。外觀近似前變種大花咸豐草，主要差異是本變種的舌狀花較小，長度不及 8 mm，頭花花徑小於21 mm。

●**生態：**分布於平地至中海拔山區，生長環境和大花咸豐草相同。

【**附記**】 另一近似的原變種白花鬼針（var. *pilosa*），最大特徵是頭花完全不具外圍白色的舌狀花，全由黃色筒狀花構成。

山素英 *Jasminum nervosum*

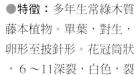

木犀科

●**特徵：**多年生常綠木質藤本植物。單葉，對生，卵形至披針形。花冠筒狀，6～11深裂，白色，裂片線形；花徑可達36mm，具香氣；花單生或呈聚繖花序，頂生於腋出的小枝上。漿果球形，熟果呈黑色。

●**生態：**分布於平地至中海拔山區，攀爬生長在林緣灌叢或樹叢上；墾丁地區的族群則常蔓生在珊瑚礁岩草叢上，葉小而厚，花的裂片較寬，果呈長球形。

屏東瑪家

屏東瑪家

墾丁龍坑

空心蓮子草 長梗滿天星 *Alternanthera philoxeroides* 莧科

4 5 6 7 8 9　　　平 低 中　草　　　○

陽明山

●**特徵：**多年生草本植物；莖中空多節，斜上生長或直立。葉對生，倒披針形或倒狹卵形，全緣，光滑。花被 5 枚，白色，花小而密集成圓球形的穗狀花序；花序徑可達20mm，具長柄，腋出。胞果球形；熟果黑色，包藏於花被內。

●**生態：**分布於平地至中海拔山區，生長在路旁荒地，尤其是水溝旁或潮濕地。歸化種，原產於中美洲。

中和

中和 葉片特寫

135

毛蓮子草 毛滿天星　*Alternanthera bettzickiana*　莧科

●**特徵：**多年生草本植物；莖斜上生長或直立。葉對生，兩面被毛，卵形、橢圓形、長橢圓形或倒披針形。花白色，密集成圓球形的穗狀花序，花序徑可達 7 mm，不具柄，腋出。胞果扁平，倒心形。

●**生態：**分布於平地與低海拔地區。常一大片生長在各類乾燥的荒地，連都市中疏於管理的人行道或公園均可見。歸化種，原產於南美洲。

蓮子草 滿天星 *Alternanthera sessilis* 莧科

新店

●**特徵：**一年生草本植物。外觀近似毛蓮子草（見前頁），主要差異是本種部分族群的莖、葉常帶紫褐色；莖呈匍匐狀或斜上生長；葉光滑，線形、披針形、倒披針形或線狀橢圓形，常具疏細齒緣；花、果序較圓。

●**生態：**分布於平地至低海拔山區，生長在路旁、水溝旁、荒地或田埂，尤其較潮濕的休、廢耕田。

【**附記**】 以往稱為節節花或狹葉滿天星的*A. nodiflora*，今已被併入本種。

新店

烏來‧節節花

137

假千日紅 *Gomphrena celosioides*

●**特徵：**一或二年生草本植物；莖平伏或斜上生長，被白色柔毛。葉對生，無柄，長橢圓形，背面被白色柔毛。花被 5 枚，略帶淺綠的白色，花微小而密集成穗狀花序；花序寬可達 9 mm，頂生。胞果扁平。

●**生態：**分布於平地與低海拔地區，生長在開闊的荒地或路旁，海邊也頗常見。歸化種，原產地為巴西。

車城

新竹

鳥松·葉片特寫

傅氏唐松草 *Thalictrum urbaini*

毛茛科

●**特徵：**多年生草本植物；莖光滑。根生葉為二或三回的三出複葉，小葉有9～27枚。萼片4枚，無花瓣；雄蕊多而長，白色，外觀狀似一個菊科的頭花；花徑可達15mm；繖房花序。瘦果披針形，具長柄，10～25枚。

●**生態：**分布於低、中海拔山區，生長在林緣、山路邊坡或較潮濕的開闊地。特有種植物。盛花期為春季。

鱧腸 墨菜　*Eclipta prostrata*

菊科

●**特徵：**一年生草本植物；全株被粗短絨毛。葉對生，披針形，全緣或疏細齒緣。頭花白色，徑可達10mm，腋生或頂生。瘦果不具冠毛，熟果黑色。

●**生態：**分布於平地至中海拔山區，生長在潮濕的路旁、水溝旁、田埂或濕地。

內雙溪

中和

中和・未熟果

下田菊 *Adenostema lavenia*

菊科

●**特徵：** 多年生草本植物。葉對生，具柄，寬卵形或三角形，鋸齒緣。頭花白色，無舌狀花，徑可達10mm；呈鬆散的繖房狀排列，頂生。瘦果鈍三角錐狀，被腺體，具 2 ～ 4 枚短棒狀冠毛。

●**生態：** 分布於低、中海拔山區，生長在潮濕的森林中，尤其是步道兩側。

大屯山

大屯山

陽明山

藿香薊 白花藿香薊　*Ageratum conyzoides*　　　菊科

1 2 3 4 5 6 7 8 9 10 11 12　　平 低 中　　草　　　○

●**特徵：**一年生草本植物；莖被毛。葉對生，卵形，兩面被毛，具柄。頭花白色，無舌狀花，徑可達8 mm；呈繖房狀排列，頂生。瘦果黑色，長橢圓形；冠毛5枚，長鱗片狀，末端尖細。

●**生態：**廣泛分布於平地至中海拔山區，生長在路旁、荒地、休耕田、田埂等各類空地、草叢。歸化種，原產於熱帶美洲。

142

地膽草 毛蓮菜 *Elephantopus mollis* 菊科

     1 2 3 4 5 6 7 8 9 10 11 12 　平 低　　草

●**特徵：**多年生草本植物；莖被毛。具根生葉與莖生葉；莖生葉互生，橢圓形，葉基抱莖，表面粗糙，背面被毛。頭花白色，呈頭狀排列簇生，於花軸上呈總狀排列；最小單位頭花徑可達 9 mm。瘦果具 5 枚剛毛狀冠毛。

●**生態：**分布於平地至低海拔山區，生長在路旁、荒地或林緣。

台灣澤蘭

Eupatorium cannabinum ssp. *asiaticum*

菊科

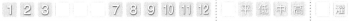

●**特徵：**多年生的直立半灌木；莖被毛。葉3裂或三出複葉，長可達12～15 cm，表面被短毛，背面呈灰綠色，具明顯葉柄。頭花白色，呈繖房狀排列；每一頭花具5朵筒狀小花，2裂的細長花柱向花冠外伸展；花苞常帶粉紅或紫紅色。瘦果黑色，具白色冠毛。

●**生態：**分布於平地至高海拔山區，生長在路旁、荒地、林緣或河邊。

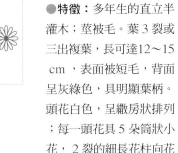

144

田代氏澤蘭 *Eupatorium clematideum* 菊科

●**特徵**：多年生攀緣性半灌木；植株近無毛。與同屬其他種類相比下葉較薄，長可達 8～10cm，披針形或卵狀披針形，鋸齒緣，偶不規則淺裂，先端尖銳，具葉柄。頭花白色，呈疏繖房狀排列；每一頭花具 5 朵筒狀小花。瘦果黑色，具白色冠毛。

●**生態**：分布於平地林緣至中海拔山區，生長在林緣灌叢、山路邊坡或步道兩側。

基隆澤蘭

Eupatorium kiirunense

菊科

●**特徵：**多年生直立半灌木；莖分枝較少。與同屬其他種類相比下葉較厚，不裂，長可達 8 ～ 10 cm，卵狀披針形至卵狀橢圓形；葉背被疏毛，帶灰綠色；葉柄短小而不明顯。花、果近似台灣澤蘭（見144頁），但本種每一頭花的筒狀小花數目為 5 ～ 8 朵。

●**生態：**分布於北部和東部的海岸，主要生長在岩石區或山壁。盛花期為春、夏之際，秋季有另一次花期，開花的植株較少。

146

島田氏澤蘭 *Eupatorium shimadai*

菊科

5 6 7 8　　　低 中　　草

●**特徵：**多年生草本植物；莖多斜生，基部木質化。葉不裂，長可達 7 ～ 8 cm，卵狀披針形，先端尖銳，幾近無柄。花、果近似台灣澤蘭（見144頁），每一頭花具 5 朵小花，總苞和花苞多呈紫紅或粉紅色。

●**生態：**分布於低、中海拔山區，生長在山路邊坡，尤其是岩石或礫石地，大屯山區族群相當穩定。特有種植物。

蔓澤蘭 *Mikania cordata*

1 2 3　　　　　　10 11 12　　平 低　　　　蔓藤　　○

●**特徵：**多年生蔓性藤本植物；全株光滑無毛。葉對生，長可達 7～9 cm，三角狀卵形、心狀卵形或箭形，具長柄。頭花白色至淡黃綠色，呈聚繖狀排列，總苞白色至淡綠色。瘦果黑褐色，明顯具稜，冠毛白色。

●**生態：**分布於平地至低海拔山區，攀爬生長在各類植物叢或圍籬、電線桿上。

日月潭

日月潭

龍崎

茯苓菜 *Dichrocephala integrifolia*

菊科

1 2 3 4 5 6 7 8 9 10 11 12　平 低 中　草　

●**特徵**：一年生草本植物；莖被短毛。葉互生，不規則鋸齒緣、淺裂或琴狀裂，被毛。頭花球狀，邊花白色，心花黃綠色；頭花徑約 4 mm，呈總狀排列。瘦果倒披針形，略扁平，無冠毛，被腺體。

●**生態**：分布於平地至中海拔山區，生長在路旁、林緣、荒地等開闊地。

文珠蘭

文殊蘭　　*Crinum asiaticum*　　　　　　　　　　　　　石蒜科

5 6 7 8 9 10　　海　　　草

●**特徵**：多年生草本植物；具地下球莖。花冠筒狀，6深裂，白色，徑可達110 mm；花軸粗大，腋生；繖形花序單一頂生。蒴果略呈球形，質輕，可飄浮。

●**生態**：分布於珊瑚礁岩岸或海邊砂質地，屬典型的原生濱海植物。

【**附記**】 因具有高度觀賞價值而被廣泛栽植為庭園景觀植物，花具有清淡香氣。

新竹

新竹

新竹

150

粗莖麝香百合 鐵砲百合 *Lilium longiflorum var. scabrum* 百合科

4 5 6 7 8　　平 低　　草　　

●**特徵：**多年生草本植物；具地下鱗莖。葉互生，多密集，線狀披針形。花被6枚，白色，花徑可達110mm；花頂生，一至數朵簇生。蒴果圓柱形；種子具翅。

●**生態：**分布於中、北部海邊至低海拔山區，蘭嶼、綠島也有分布；多生長在向陽的曠野草叢間。地上植株部分於開花結果後會枯萎消失，地下鱗莖隔年會再長出新株並開花結果。

【附記】 分布廣及海邊至高山的近似種台灣百合（*L. formosanum*），主要差異是花被外側泛紫紅色，或中央具紫紅色縱帶。

台灣土黨參 *Cyclocodon lancifolius* 桔梗科

6 7 8 9　　　低 中　　草

●**特徵：**多年生草本植物
；植株光滑無毛，具粗大
主根。葉對生，披針形，
細鋸齒緣。花冠鐘形，6
裂，白色或淡紫色，徑可
達20mm；花常 3 朵排成
聚繖狀花序。漿果扁球形
，具寬幅淺縱溝；熟果呈
黑紫色。

●**生態：**分布於低、中海
拔山區，生長在林緣灌叢
或山路邊坡。

烏來

烏來

烏來・木興集

水芫花 *Pemphis acidula*

千屈菜科

●**特徵：**多年生常綠小灌木；幼枝被毛。葉對生，肉質，兩面被毛，倒披針形或長橢圓形。花瓣 6 枚，白色，花徑可達18mm；花單生葉腋。蒴果球形，外有宿存萼片。

●**生態：**分布於恆春半島、蘭嶼、綠島等地，生長在海岸珊瑚礁上。

153

台灣胡麻花　*Heloniopsis umbellata*

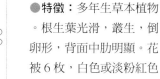

●**特徵：**多年生草本植物。根生葉光滑，叢生，倒卵形，背面中肋明顯。花被6枚，白色或淡粉紅色；5～10朵呈繖形花序頂生，狀似一朵多瓣的大型花，花序徑可達40mm。蒴果，成熟時沿稜線開裂；種子絲狀，具翅。

●**生態：**分布於中、北部海拔1000公尺上下的山區，生長在潮濕的岩石或礫質山路邊坡。

大屯山

大屯山

大屯山

擬鴨舌癀 *Richardia scabra*

1 2 3 4 ☐ ☐ 7 8 9 ☐ ☐ 12 海 ☐ ☐ ☐ 草 ☐ ☐

●**特徵：**一至多年生草本植物；莖方形，全株被粗短剛毛。葉對生，粗糙，長橢圓形至橢圓狀披針形。花冠漏斗形，6裂，白色，徑可達7mm；頭狀花序頂生。蒴果倒卵形；頂端萼片宿存，具剛毛。

●**生態：**分布於西部至北部海邊，生長在海岸砂地或近海城鎮的砂質荒地。歸化種，原產於美國。

7 8 9 10　　　低 中　　　蔓藤

大屯山

●**特徵：**多年生草質藤本植物；莖具卷鬚；主根粗大。葉互生，三角狀卵形至近圓形，全緣至掌狀5～7深裂。花單性，雌雄異株；花冠5裂，白色，邊緣呈許多長絲狀深裂，不含長絲徑可達60mm；雄花2～3朵腋生，雌花單生葉腋。瓠果卵形至橢圓形；未熟時具10條綠白色縱帶，熟果由黃色轉橙紅色，縱帶消失。

●**生態：**分布於低、中海拔山區，攀爬生長在林緣植物間。開花時間為夜間，具香氣。

【附記】熟果可生食，未熟果可煮食。

烏來·雄花

大屯山

156

紅腺懸鉤子 *Rubus sumatranus*

薔薇科

2 3 4 5 6 　　　　　　　　　低 中 　　　　蔓藤

●**特徵：**多年生木質藤本植物；莖密被紫紅色腺毛，並散生短毛與鉤刺。奇數羽狀複葉；小葉多為 5 或 7 枚（花軸附近除外），卵狀披針形，鋸齒緣或雙重鋸齒緣，葉背被腺毛。花瓣 5 枚，白色，卵形；花徑可達45mm；萼片長三角形，被腺毛；花單一或數朵頂生。聚合果橢圓形，熟果紅色。

●**生態：**分布於低、中海拔山區，生長在路旁、荒地、林緣草叢。

【附記】 果可食用。本屬多種懸鉤子葉片為白痣蝶幼蟲食草。

157

虎婆刺 薄瓣懸鉤子　　*Rubus croceacanthus*　　　　薔薇科

水里

●**特徵：**多年生木質藤本植物；莖密被紫紅色腺毛與短毛，並疏生鉤刺。外觀近似紅腺懸鉤子（見前頁），本種特徵為小葉3～5枚（花軸附近多為3枚）；花徑可達36mm；萼片卵狀三角形；聚合果球形或卵形。

●**生態：**分布於低、中海拔山區，生長在路旁、荒地和林緣。

【附記】 果可食用。

水里

埔里本浬溪

158

苦懸鉤子

Rubus trianthus　　　　　　　　薔薇科

2 3 4 5　　　　低 中　　　蔓藤

日月潭

●**特徵：**多年生攀緣性木質藤本植物；莖常呈紫褐色，光滑，散生疏鉤刺。單葉，卵形、長卵形或卵狀長橢圓形，不裂至 3 深裂，不規則鋸齒緣或雙重鋸齒緣；葉表光滑，葉背常被白粉。花瓣 5 枚，白色，倒卵形或倒披針形；花徑可達35mm；萼片光滑；短總狀花序頂生。聚合果近球形，熟果橙色至橙紅色。

●**生態：**分布於低、中海拔山區，生長在路旁荒地或攀爬在林緣植物叢上。

【附記】 果可食用。

日月潭

埔里木部溪

c

刺莓 *Rubus rosifolius*

薔薇科

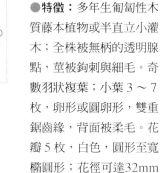

| 1 | 2 | 3 | 4 | 5 | 6 | 7 | 8 | 9 | 10 | 11 | 12 | 平 低 | 灌 蔓藤 | ● |

●**特徵：**多年生匍匐性木質藤本植物或半直立小灌木；全株被無柄的透明腺點，莖被鉤刺與細毛。奇數羽狀複葉；小葉 3 ～ 7 枚，卵形或圓卵形，雙重鋸齒緣，背面被柔毛。花瓣 5 枚，白色，圓形至寬橢圓形；花徑可達32mm；花單一或數朵頂生。聚合果橢圓形或近球形，熟果紅色。

●**生態：**分布於平地至低海拔山區，生長在荒野、路旁或田埂等環境。盛花期為冬季與春季。

【**附記**】 果可食用。

新店

內雙溪

內雙溪

160

鬼懸鉤子

Rubus wallichianus

薔薇科

6 7 8 低 中 臺灣

●**特徵：**多年生蔓性灌木；散生鉤刺。莖、葉柄和葉背脈上密被褐色的長剛毛。三出複葉；小葉具尖突狀齒緣，先端尖銳突出。花瓣 5 枚，白色，倒長卵形；花徑可達21mm；花數朵呈繖形花序，腋生。聚合果球形，熟果黃色或橙黃色。

●**生態：**分布於低、中海拔山區，生長在山路旁灌叢或林緣。

榿葉懸鉤子 *Rubus alnifoliolatus*

薔薇科

●**特徵：**多年生灌木；全株無毛，<u>莖多呈紅褐色，散生疏鉤刺</u>。奇數羽狀複葉；小葉 5～9 枚，卵狀披針形，細鋸齒緣，兩面光滑。花瓣 5 枚，白色，卵形至卵狀長橢圓形；花徑可達19mm；圓錐花序頂生。聚合果橢圓形，熟果紅色。

●**生態：**分布於低、中海拔山區，生長在山路旁或林緣。

【**附記**】 果可食用。

屏東瑪家

屏東瑪家

屏東瑪家

162

變葉懸鉤子

Rubus corchorifolius

薔薇科

1 2 3 4 　　　　　　　　12 　　 低 　　 灌

新店

●**特徵：**多年生灌木；莖散生疏鉤刺，幼莖被毛。單葉，三角狀卵形至橢圓狀卵形，不裂至 3 深裂，鋸齒緣或雙重鋸齒緣。花瓣 5 枚，白色，卵形；花徑可達18mm；花單朵或成對生長。聚合果卵形，被短絨毛；熟果橙色。

●**生態：**分布於低海拔山區，生長在路旁、林緣。

【附記】 果可食用。

163

斯氏懸鉤子　*Rubus swinhoei*　薔薇科

●**特徵：**多年生攀緣性木質藤本植物；莖被鉤刺，幼莖被絨毛。單葉，長橢圓狀披針形至卵形，不規則鋸齒緣至雙重鋸齒緣；新葉葉背常被灰白色絨毛。花瓣 5 枚，白色，卵形；花徑可達16mm；花單生或呈總狀花序，頂生。聚合果扁球形，熟果呈紫黑色。

●**生態：**分布於中、北部低、中海拔山區，攀附生長在路旁灌叢或林緣。

陽明山

陽明山

台灣懸鉤子

Rubus formosensis

薔薇科

5 6 7 8　　　低 中 高　　洱 蔓藤

日月潭

●**特徵：**多年生灌木；莖柔軟，常蔓性生長，不具鉤刺，幼莖被絨毛。單葉，圓形至橢圓形，3～5淺裂，不規則鋸齒緣；葉背被黃褐色絨毛。花瓣5枚，白色，寬卵形；花徑可達15mm；短總狀花序，腋生或頂生。聚合果寬卵形或球形，熟果紅色。

●**生態：**分布於低至高海拔山區，生長在路旁灌叢、林緣、山路邊坡或林道路面。

【附記】　果可食用。

日月潭

觀霧

羽萼懸鉤子

新店懸鉤子　　*Rubus alceifolius*　　薔薇科

●**特徵：**多年生攀緣性木質藤本植物；莖散生鉤刺，幼莖密被紅褐色直毛。單葉，寬卵形至圓形，不規則 5～7 淺裂，鋸齒緣；葉背密被灰白色絨毛。花瓣 5 枚，白色，卵狀披針形，波狀鋸齒緣；花徑可達12mm；花萼密被紅褐色長腺毛；短總狀花序，腋生或頂生。聚合果球形，熟果橙紅色。

●**生態：**分布於中、北部低海拔山區，生長在路旁草叢、林緣。

內湖

內湖

內湖

野當歸

Angelica dahurica var. formosana

●**特徵：**多年生草本植物；莖中空，具地下塊莖。根生葉和莖的下部葉為二至三回羽狀複葉，小葉卵形至卵狀披針形，鋸齒緣，兩面被毛；莖生葉向上漸退化。花瓣5枚，白色；複繖形花序，最小單位花序徑可達40mm。離果扁長橢圓形，果柄彎垂。

●**生態：**分布於北部低海拔山區，大屯山主峰車道旁尤其常見，生長在路旁、草叢。夏季結果後植株地上部分漸枯萎。

●**特徵**：多年生草本植物。外觀近似野當歸（見前頁），主要差異是本種的根生葉和莖的下部葉為一至二回三出複葉或羽狀複葉，小葉寬卵形至卵狀三角形，鈍鋸齒緣或 3 裂；葉面較光滑，僅脈上被毛；最小單位花序徑可達15mm；離果先端內凹，略呈倒長扁心形，果柄短，不彎垂。

●**生態**：分布於北部海濱和東海岸，生長在砂灘地。夏季植株地上部分也會枯萎。

富貴角

富貴角

富貴角

日本前胡 防葵 *Peucedanum japonicum* 繖形科

| | | | 4 | 5 | 6 | 7 | | | | | 海 | | | | 草 | | | ○ |

●**特徵**：多年生草本植物，具地下塊莖。葉為一至二回三出複葉，小葉寬卵形，端半部不規則裂。花瓣5枚，白色；複繖形花序，最小單位花序徑可達20mm。離果長橢圓狀卵形。

●**生態**：分布於北部、東部海岸和蘭嶼，生長在岩石、山壁縫隙或礫石灘。

169

濱防風 *Glehnia littoralis*

③ ④ ⑤　　海　　草　　○

●**特徵：**多年生草本植物；莖肉質，被毛。葉為一至二回三出複葉；小葉常3裂，鋸齒緣。花瓣5枚，白色；複繖形花序，最小單位花序近球形，徑可達20mm。離果多枚聚生成橢圓球狀，具縱突棱，密被毛。

●**生態：**分布於北部海濱，生長在砂灘。

水芹菜　　*Oenanthe javanica*

繖形科

●**特徵**：多年生草本植物。葉為一至三回羽狀複葉；小葉羽狀深裂，卵形至長橢圓形，鋸齒緣。花瓣5枚，白色；複繖形花序，最小單位花序徑可達10mm。離果長橢圓形。

●**生態**：分布於平地至中海拔山區，生長在水溝旁、田埂、池澤旁濕地或較潮濕的荒地、路旁。盛花期為冬季至初夏。

【附記】 嫩莖、葉是芳香可口的野菜。

羊不食 毛茄、毛刺茄　　*Solanum lasiocarpum*　　　茄科

| | | | | 7 | 8 | 9 | 10 | | | | | 低 | | | 草 | | | ○ |

●**特徵**：多年生草本植物
；莖與葉脈具刺，全株密
被星狀毛。葉卵形，不規
則大型鈍鋸齒緣。花冠輪
形，5深裂，白色，徑可
達32mm；短總狀花序，
狀似數朵簇生。漿果球形
，密被長毛；熟果呈橙黃
色。

●**生態**：分布於中、南、
東部低海拔山區，生長在
路旁、林緣等破壞地。

172

刺茄 癩茄　*Solanum capsicoides*　　　　　　　茄科

烏來

陽明山

●**特徵：**多年生草本植物。外觀略似羊不食（見前頁），但本種全株僅密被短毛，而非星狀毛；葉呈5～7淺裂，葉表光澤較強，葉背無毛；花近似羊不食，徑可達30mm，兩種的雄蕊花藥均明顯外突；熟果橙色，無毛，果柄明顯。

●**生態：**分布於平地至低海拔山區，生長在路旁、荒地、山路邊坡或田埂。

173

萬桃花 *Solanum torvum*

茄科

●**特徵：**多年生有刺灌木；全株被淡黃褐色星狀毛。葉單一或兩枚成對著生，卵圓形或橢圓形，波狀大齒緣。花冠輪形，5 裂，白色，裂片先端尖狹；花徑可達31mm；花萼被毛；總狀花序節間生長。漿果球形，無毛；熟果呈黃色。

●**生態：**分布於平地至低海拔山區，北部沿海地區頗常見，生長在荒地與路旁。

【**附記**】 近似種山煙草（*S. erianthum*）葉片全緣，莖、枝不具刺，果實被毛，濱海地區較不常見。

關渡

關渡

關渡·未熟果

雙花龍葵　耳鉤草　*Lycianthes biflora*　　　茄科

●**特徵：**多年生草本植物；全株被柔毛，莖基部木質化。葉兩型，大型葉橢圓狀卵形，小型葉寬卵形；兩面被毛。花冠輪形，5深裂，白色，徑可達20mm；花單一或成對腋生。漿果球形，熟果紅色。

●**生態：**分布於低、中海拔山區，生長在路旁、林緣。

175

●**特徵**：多年生常綠灌木；莖被毛。葉狹卵形至披針形，全緣或波狀緣。花冠輪形，5 深裂，白色，偶淡紫色，徑可達16mm；花單一或成對，腋生或與葉對生。漿果球形，熟果橙色。

●**生態**：分布於平地至中海拔山區，生長在路旁、荒地、林緣。歸化種，原產於巴西。

台北四獸山

176

龍葵　*Solanum nigrum*

茄科

1 2 3 4 5 6 7 8 9 10 11 12 　平 低　　草　　　◉

永和

●**特徵：**一或二年生草本植物；莖略具稜。單葉互生，卵形或寬卵形，全緣或波狀淺齒緣。花冠輪形，5深裂，白色，偶為淡紫紅色，徑可達10mm；花5～8朵呈繖形狀排列，腋生。漿果球形，熟果紫黑色。

●**生態：**分布於平地至低海拔山區，生長在路旁、荒地、田園或陽台花盆。

陽明山

177

瑪瑙珠 *Solanum diphyllum*

1 2 3 4 5 6 7 8 9 10 11 12　　平 低 中　　灌　　○

●**特徵：**多年生常綠小灌木；莖無毛或嫩枝被短毛。葉互生，橢圓形或長橢圓形，大型葉旁常有一枚小型葉著生。花冠輪形，5深裂，白色，裂片向上翻揚，花徑可達 9 mm；花略呈繖形狀排列。漿果球形，熟果橙色。

●**生態：**分布於平地至中海拔山區，生長在荒地、路旁、牆角、林緣或陽台花盆。歸化種，原產於巴西。

屏東瑪家

內雙溪

草海桐　*Scaevola sericea*　　　　草海桐科

富貴角

●**特徵：**多年生常綠灌木。葉互生，倒披針形至匙形，肉質。花冠筒狀，單側 5 深裂，白色，寬可達 27mm；聚繖花序腋生。核果球形，熟果白色多汁可食。

●**生態：**分布於濱海地區，生長在砂岸或珊瑚礁岩岸，或濱海城鎮。

【**附記**】 部分縣市於沿海地區廣植為行道樹或公園植栽。

新竹

海州常山 *Clerodendrum trichotomum*

| | | | 4 | 5 | 6 | 7 | 8 | 9 | | | | 平 | 低 | 中 | | | 灌 | | | ○ |

●**特徵：**多年生落葉性灌木或小喬木；小枝與葉柄被白色至黃褐色毛。葉對生，卵形至三角形，多為全緣。花冠筒狀，5 裂，白色，偶為淡粉紅色，徑可達26mm；複聚繖花序。核果略呈球形；熟果深藍色，具紅色宿萼。

●**生態：**分布於平地至中海拔山區，生長在荒野、灌叢或闊葉林中。

屏東瑪家

屏東瑪家

苦林盤 *Clerodendrum inerme*

馬鞭草科

1 2 3 4 5 6 7 8 9 10 11 12 海 □□□□ □ 灘 蔓藤

新竹港南

●**特徵：**多年生的半直立或匍匐狀灌木；小枝被毛。葉革質，對生，卵形或橢圓形，全緣。花冠筒狀，5裂，白色，徑可達22mm；雄蕊花絲紫紅色；聚繖花序，通常為3朵花。核果倒卵形；熟果褐色，堅硬。

●**生態：**分布於沿海地區，主要生長在海岸砂灘或草叢，偶爾出現在山野、河岸。盛花期為春、夏二季。

【**附記**】 常見人工栽培利用為公園植栽或圍籬。

新竹港南

新竹港南

大青 *Clerodendrum cyrtophyllum*

6 7 8　　　低 中　　灌　　　○

●**特徵：**多年生常綠灌木。葉長卵形至披針狀長橢圓形，全緣，被疏毛。花冠筒狀，5深裂，帶微綠的白色，先端具緣毛，徑可達12mm；鬆散的複聚繖花序。核果球形，熟果藍黑色。

●**生態：**分布於低、中海拔山區，生長在荒地、路旁、林緣。

內雙溪

內雙溪

北濱汐雅

毬蘭　*Hoya carnosa*

蘿藦科

烏來

●**特徵：**多年生藤本植物。葉對生，肉質，橢圓形，全緣。花冠輪形，5裂，白色，肉質，副花冠星形；花徑可達19mm；聚繖花序呈繖形狀排列。蓇葖果線形。

●**生態：**分布於低海拔山區。生長在闊葉林中，多攀附於樹幹上或岩石上。

烏來

烏來

蛇根草 *Ophiorrhiza japonica*

茜草科

1 2 3 4 5 6 7 8 9 □ □ 12 □ □ 低 中 □ 草 □ □

●**特徵**：多年生草本植物。葉對生，橢圓形至長橢圓狀披針形，被疏短毛。花冠筒狀或筒狀漏斗形，5裂，白色，偶有粉紅色，徑可達18mm；繖房狀聚繖花序，頂生或近頂生。蒴果略呈倒心形。

●**生態**：分布於低、中海拔山區，生長在陰涼潮濕的林緣或闊葉林下。盛花期1～4月。

烏來

烏來

烏來

白花蛇根草 *Ophiorrhiza pumila*

茜草科

3 4 5 6 7 8　　　低　　草

烏來

●**特徵：**多年生草本植物，外觀近似蛇根草（見前頁），主要差異是本種植株低矮；葉片多略歪斜，葉表明顯較光亮；花冠筒短小，中央略收縮，徑可達 6 mm。

●**生態：**分布於北部低海拔山區，生長在闊葉林下或較陰涼潮濕的步道兩側與山路邊坡。

烏來

烏來

185

苞花蔓 *Geophila herbacea*

6 7 8 9 10　　　低　　　蔓藤

●**特徵：**多年生匍匐狀草質藤本植物。葉對生，圓心形；表面光滑無毛，背面脈上被毛。花冠長漏斗形，5裂，白色，徑可達15mm；花單一頂生。核果球形，肉質；熟果橙紅色。

●**生態：**分布於低海拔山區，生長在闊葉林下與步道兩旁。

針刺草　*Codonacanthus pauciflorus*

爵床科

●**特徵**：多年生草本植物；莖略被短柔毛。葉卵形至長橢圓形，全緣或微幅波狀緣。花冠鐘形，5裂，白色具淡紫色斑，徑可達14 mm；總狀花序頂生，或再分枝成圓錐狀排列。蒴果倒披針形，先端附近膨大。

●**生態**：分布於低海拔山區，生長在闊葉林下或較陰涼潮濕的山路邊坡。

蘿芙木 *Rauvolfia verticillata*  夾竹桃科

●**特徵：**多年生常綠小灌木。葉輪生，橢圓形至長橢圓狀披針形。花冠筒狀，5裂，白色，徑可達13 mm；聚繖花序，頂生或腋生。核果卵形或橢圓形，肉質；熟果由綠色轉為帶紫色小點的灰白色，再轉變為紫黑色。

●**生態：**分布於低、中海拔山區，生長在林緣或山路邊坡灌叢。

屏東瑪家

屏東瑪家

屏東瑪家

同蕊草

Rhynchotechum discolor var. discolor

苦苣苔科

內雙溪

內雙溪

●**特徵**：多年生半灌木；嫩莖密被黃褐色絨毛。葉互生，倒橢圓形至倒披針形，先端尖銳，細鋸齒緣。花冠鐘形，5裂，白色，徑可達12mm；聚繖花序腋生。漿果近球形，熟果白色。

●**生態**：分布於低、中海拔山區，生長在闊葉林下或陰涼潮濕的山路邊坡。

【附記】 僅分布於南部低海拔山區的另一變種羽裂同蕊草（var. *incisum*），葉緣具裂片或呈疏粗齒緣。

鵝兒腸 *Stellaria aquatica*

石竹科

1 2 3 4 5 6 7 8　11 12　平 低　草　○

●**特徵：**二或多年生草本植物；莖被毛。葉對生，卵狀心形。花瓣 5 枚，白色，各瓣深 2 裂，狀似10瓣花，花徑可達 9 mm；雄蕊10枚，雌蕊柱頭 5 裂；花單生或呈聚繖花序，頂生或腋生。蒴果卵狀球形。

●**生態：**分布於平地至低海拔山區，生長在路旁、荒地、田埂、廢耕或休耕田。

〖**附記**〗 近似種繁縷（*S. media*）也很普遍，主要差異是雄蕊 5 枚，雌蕊柱頭 3 裂；蒴果球形。

大溪

三峽

三峽

190

日本商陸  商陸　*Phytolacca japonica* 商陸科

烏來

烏來

烏來

●**特徵**：多年生草本植物。葉互生，橢圓形。花瓣5枚，白色，花徑可達9mm；總狀花序，頂生或與葉對生，花序直立。漿果呈略扁的球形，熟果黑色。

●**生態**：分布於低至高海拔山區，生長在山路邊坡、林緣或路旁。

美洲商陸 洋商陸 *Phytolacca americana*

●**特徵：**多年生草本植物
。外觀近似日本商陸（見
前頁），主要差異為本種
的莖與花軸常呈紫色或褐
紫色；葉片多為卵狀長橢
圓形；花、果序不直立，
呈歪斜或下垂；花柄較長
，部分植株花為淡紫色。

●**生態：**分布於北部平地
至低海拔山區，生長在荒
地、路旁、林緣。歸化種
，原產於北美洲。

陽明山

陽明山

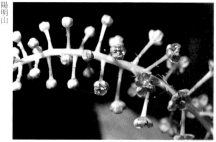

陽明山·淡水

地錢草  點地梅　*Androsace umbellata*　　　　報春花科

●**特徵**：一或二年生低矮草本植物；無莖。葉根生，卵圓形，粗鋸齒緣，兩面被毛。花冠近輪形，5深裂，白色，徑可達8mm；花單生或呈繖形狀排列於花軸上。蒴果球形，果柄下垂。

●**生態**：主要分布於海濱，平野地區偶爾可見。生長在砂灘草叢、荒地或岩縫。

假海馬齒

Trianthemum portulacastrum

番杏科

●**特徵**：多年生草本植物；莖多分枝，被囊狀細毛。葉對生，橢圓形至倒卵形。花被 5 枚，帶淡粉紅色的白色，花徑可達8mm；花單生葉腋。蒴果略呈筒狀，蓋裂。

●**生態**：分布於南部與離島濱海地區，生長在海岸砂地、草叢。

車城

圓葉雞屎樹 *Lasianthus wallichii*

茜草科

●**特徵：**多年生常綠灌木；枝條密被向外伸展的粗毛。葉橢圓形、長橢圓形或圓形，葉基左右邊大小不對稱；表面光滑，背面密被毛。花冠筒狀，5 裂，白色，徑可達8mm；聚繖花序腋生。核果略呈球形，熟果藍色。

●**生態：**分布於低海拔山區，生長在闊葉林中或林緣。

【附記】 近似種多，葉基左右不對稱是本種的重要特徵。

雞屎藤 牛皮凍　*Paederia foetida*　　　茜草科

●**特徵：**多年生木質藤本植物。葉對生，卵形至披針形。花冠長鐘形，5裂，白色，冠筒內紫紅色，花徑可達 8 mm；聚繖花序腋生。核果球形，熟果黃褐色。

●**生態：**分布於平地至低海拔山區，生長在荒野、路旁、林緣或圍籬。

196

卷耳

Cerastium fontanum var. angustifolium

石竹科

●**特徵**：一或二年生草本植物；全株密被腺毛。葉對生，卵形至倒卵狀披針形，無柄。花瓣5枚，白色，各瓣先端2裂，花徑可達8 mm；聚繖花序頂生。蒴果圓錐筒狀，先端具10枚刺狀裂片。

●**生態**：分布於平地至中海拔山區，生長在路旁、林緣、廢耕田等開闊地。

白水木 *Tournefortia argentea*

| | 2 | 3 | 4 | 5 | 6 | 7 | 8 | | | | 海 | | | | 耀 | | ● |

●**特徵**：多年生灌木或小喬木。葉叢生於枝條先端，匙形或倒卵形，被白色絨毛。花瓣 5 枚，白色，花徑可達 7 mm；呈單邊、彎曲 2 叉狀的聚繖花序排列，具長花軸，頂生。核果球形，熟果白色。

●**生態**：分布於南、北兩端和蘭嶼、綠島的海岸，生長在砂灘或珊瑚礁岩。

富貴角

富貴角

富貴角・木麻生

馬㼌兒

Zehneria japonica

瓜科

●**特徵**：多年生草質藤本植物。葉略呈三角形，全緣。花單性，雌雄同株；花冠 5 裂，白色或米白色，徑可達 7 mm；雄花總狀花序，雌花單生或 2 ～ 4 朵簇生。瓠果橢圓形，熟果淡橙紅色。

●**生態**：分布於低、中海拔山區，生長在近水潮濕的山路邊坡、林緣。

黑果馬㼓兒 *Zehneria mucronata*

2 3 4 5 6 7 8 9 10　　　低 中　　　蔓藤

●**特徵：**多年生草質藤本植物。外觀略似馬㼓兒（見前頁），主要差異是本種葉片寬卵形，鋸齒緣，常 3～7 淺裂；雌雄異株，雄花呈繖房花序；熟果綠黑色，常被白粉。

●**生態：**分布於低、中海拔山區，生長在荒野灌叢、路旁、林緣。

內雙溪·雄花

粗毛小米菊 *Galinsoga quadriradiata*

1 2 3 4 5 6 7 8 9 10 11 12 ☐ 平 低 中 ☐ 草 ☐ ◉

●**特徵：**一年生草本植物；莖多分枝。葉對生，卵狀披針形，不規則疏齒緣。頭花外圍具 5 朵白色舌狀花，心花（筒狀花）黃色；頭花徑可達 7 mm；總苞常被腺毛。瘦果黑色，具鱗片狀冠毛，冠毛邊緣具緣毛。

●**生態：**分布於平地至中海拔山區，生長在路旁、荒地、廢耕田等開闊環境。歸化種，原產於熱帶美洲。

【附記】 本種與另一歸化近似種小米菊（*G. parviflora*）兩者不易區分，主要差異在於後者頭花的總苞無腺毛，且較不常見。

銀膠菊 *Parthenium hysterophorus*

菊科

●**特徵：**一年生草本植物；莖被毛。葉互生，外形變化極大，一或二回羽狀複葉，小葉不規則裂至羽狀深裂。頭花白色，外圍具 5 朵小型舌狀花；頭花徑可達 7 mm，呈圓錐狀排列。瘦果無冠毛。

●**生態：**分布於平地至低海拔山區，中、南、東部海邊與平野常見。生長在路旁、荒地、田野。歸化種，原產於熱帶美洲與西印度群島。

美濃

美濃

美濃

洋落葵 藤三七 *Anredera cordifolia* 落葵科

| | | 7 | 8 | 9 | 10 | | | 平 | 低 | | | | 蔓藤 | | ○ |

●**特徵：**多年生藤本植物。葉互生，肉質，卵形或卵圓形，葉基心形；節上葉腋常有瘤塊狀的無性分生芽（珠芽）。花瓣 5 枚，帶微黃綠色的白色，花徑可達 7 mm；總狀花序腋生。漿果球形，熟果紫黑色，結果率低。

●**生態：**分布於平地至低海拔山區，攀爬生長在林緣或圍籬上。原產於熱帶美洲，全島廣泛栽培，且已歸化自然繁殖。

台灣山桂花 *Maesa perlaria var. formosana*

●**特徵：**多年生常綠灌木；幼枝被微毛。葉互生，橢圓形、卵形或橢圓狀披針形，波狀粗鋸齒緣。花冠寬鐘形，5 裂，白色，徑可達 5 mm；總狀或圓錐花序腋生。漿果球形，熟果黃褐色。

●**生態：**分布於低海拔山區，生長在路旁、林緣。

陽明山

陽明山

異葉珍珠菜 *Lysimachia decurrens* 報春花科

●**特徵**：一年生草本植物；莖具稜，被微細腺毛。葉互生，橢圓形、披針形或狹卵形。花冠鐘形，5深裂，帶淡粉紅色的白色，徑可達 5 mm；總狀花序頂生。蒴果球形，中央先端具宿存的雌蕊花柱。

●**生態**：分布於低、中海拔山區，生長在林緣、路旁。

205

菁芳草 荷蓮豆草 *Drymaria diandra* 石竹科

●**特徵：**多年生草本植物；莖多分枝。葉對生，寬橢圓形或圓腎形。花瓣5枚，白色，各瓣先端深2裂，花徑可達5 mm；聚繖花序，頂生或腋生。蒴果呈卵圓形。

●**生態：**分布於低、中海拔山區，生長在林緣、路旁等略陰涼或潮濕的空地草叢。

陽明山

陽明山

冇骨消 *Sambucus chinensis*

陽明山

●**特徵：**多年生常綠草本植物；主莖略木質化。葉對生，奇數羽狀複葉；小葉橢圓狀披針形，細鋸齒緣。花冠輪形，5裂，白色，徑可達5 mm；花數多，呈複聚繖花序頂生；花序間散生橙黃色杯狀腺體（蜜杯）。核果球形，肉質；熟果橙色。

●**生態：**分布於平地至中海拔山區，生長在路旁、荒野、山路邊坡和林緣。

陽明山

陽明山

207

紅子莢蒾 *Viburnum formosanum*

忍冬科

3 4 5　　　　　　　低 中　　灌

●**特徵：**多年生常綠灌木或小喬木；幼枝被毛。葉對生，卵形，銳鋸齒緣，葉基圓形；表面光滑，背面脈上被疏短毛。花冠輪形，5 裂（偶為 4 裂），白色，徑可達 5 mm；花數多，呈複聚繖花序頂生。核果球形，熟果紅色。

●**生態：**分布於低、中海拔山區，生長在林緣、灌叢。

【附記】 近似種呂宋莢蒾（*V. luzonicum*）葉緣淺鋸齒緣，不特別尖銳；葉背被星狀毛。

大屯山

大屯山

陽明山

火炭母草 *Polygonum chinense*

蓼科

●**特徵：**多年生蔓性草本植物。葉寬卵形至長橢圓形，全緣；葉表常有三角形暗紅色斑紋。花被5枚，米白色或淡粉紅色，花徑可達5 mm；頭狀花序呈圓錐或繖房狀排列，頂生。瘦果黑色，外覆枯萎後膨大的肉質花被。

●**生態：**分布於平地至中海拔山區，生長在路旁、荒地或林緣。

【**附記**】　葉片為紅邊黃小灰蝶食草。

台灣何首烏　*Polygonum multiflorum var. hypoleucum*　蓼科

●**特徵**：多年生蔓性草質藤本植物；莖光滑。葉卵形至長橢圓狀卵形，兩面光滑。花被 5 枚，白色，花徑可達 4 mm；圓錐花序，頂生或腋生。瘦果具有 3 片由花被乾燥後形成的膜質翼片。

●**生態**：分布於低、中海拔山區，攀爬生長在路旁或林緣的植物叢上。

陽明山

210

腺花毛蓼 *Polygonum pubescens* 蓼科

●**特徵：**一年生草本植物；莖被短毛與腺點。葉披針形，兩面被毛，表面常有深綠色大斑紋，背面具腺點。花被未開時基半部綠色，端半部紫紅色，密被腺點；花被開時 5 枚，白色，花徑約 3 mm；疏生的穗狀花序，頂生。瘦果三稜形，具條紋。

●**生態：**分布於低海拔山區，生長在山溝旁、濕地或陰涼潮濕的步道旁。

白苦柱 *Polygonum lanatum*　　　　蓼科

  1 2 3 4 5 6 7 8 9 10 11 12 平 低   草

●**特徵：**一年生草本植物；全株密被捲曲長綿毛。葉呈披針形至卵狀披針形。花被 5 枚，微幅張開，帶淡黃綠色的白色，花徑可達 3 mm；密生的穗狀花序，花軸多分枝，頂生或腋生。瘦果扁卵圓形。

●**生態：**分布於平地至低海拔山區，生長在池塘邊、田埂、溝渠旁。

鳥松

落新婦 *Astilbe longicarpa*

4 5 6 7 8　低 中　草　🔆

●**特徵**：多年生草本植物；莖被柔毛。葉具長柄，三出葉狀的二至三回羽狀複葉；小葉卵形至長卵形、橢圓狀披針形或菱形，雙重鋸齒緣。花瓣 5 枚，白色，匙形或倒披針形，花徑可達 4 mm；花小而多，圓錐花序頂生。蒴果卵形，縱分成 2 室。

●**生態**：分布於低至中海拔山區，生長在路旁、草叢邊坡。

瓜槌草

漆姑草　　*Sagina japonica*　　　　　　　　　　　　　　　石竹科

| | 2 | 3 | 4 | 5 | | | | | | | 平 | 低 | 中 | | 草 | | | ○ |

●**特徵：**一或二年生草本植物；莖上部被腺毛。葉對生，線形。花瓣 5 枚，白色，花徑可達 4 mm；花萼被腺毛；花單一，頂生或腋生。蒴果球形；種子於顯微鏡下觀察，表面布滿小乳突。

●**生態：**分布於平地至中海拔山區，生長在荒地、田野或近海的砂灘。

【附記】 近似種大瓜槌草（*S. maxima*）種子表面不具乳突。

214

細纍子草 *Bothriospermum zeylanicum*

●**特徵：**一或二年生匍匐性草本植物；全株被毛。葉互生，卵形至披針形，兩面被毛。花冠輪形，5裂，帶淡紫藍色的白色，徑約 3.5 mm；花單生，在枝條上部呈有葉片的總狀花序。堅果小，4 枚，密布細小瘤突。

●**生態：**分布於平地至低海拔山區，生長在路旁、荒地、田園等開闊地。

伏毛天芹菜　*Heliotropium procumbens* var. *depressum*　紫草科

●**特徵：**一至多年生草本植物；全株被粗伏毛。葉互生，線狀披針形至倒披針形，無柄。花冠漏斗形，5裂（偶為6裂），白色，冠筒內黃色，花徑約2 mm；蠍尾狀花序頂生。核果呈堅果狀，成熟時裂成4分果。

●**生態：**分布於南部平地至低海拔山區，生長在路旁、荒地或林緣，海邊亦常見。

華八仙 *Hydrangea chinensis*

虎耳草科

 低 中 灌

陽明山

●**特徵**：多年生常綠灌木；小枝無毛或幾無毛。葉對生，薄革質，光滑，呈兩端尖銳的長橢圓形，疏鋸齒緣。複聚繖花序頂生；外圍的花具有由萼片瓣化的白色「花瓣」4～5枚（4枚較多），屬不孕花，徑可達68mm；兩性花濃米黃色，瓣5枚。蒴果球形，上方具3或4個角狀宿存花柱。

●**生態**：分布於低、中海拔山區，生長在林緣或林中步道兩側；陽光充足地區生長情形較佳，開花較繁密。

陽明山

陽明山

狹瓣八仙

Hydrangea angustipetala

虎耳草科

●**特徵：**多年生常綠灌木；小枝被毛或略被毛。外觀略似華八仙（見前頁），葉對生，膜質，倒卵形至長橢圓形，細鋸齒緣。複聚繖花序頂生；外圍的花具有由萼片瓣化的白色「花瓣」3～5枚（以3或4枚較常見），徑可達50mm；中央兩性花黃綠色。蒴果球形，上方具3個角狀宿存花柱。

●**生態：**分布於低、中海拔山區，生長在路旁、林緣或林下。

巒大秋海棠 *Begonia laciniata*

秋海棠科

埔里本部溪

●**特徵**：多年生草本植物；莖肉質，被銹色絨毛。葉歪卵形至歪卵狀長橢圓形，具不規則尖銳三角形裂片，細鋸齒緣；兩面被毛，葉背脈上被銹色絨毛。花單性，雌雄同株；雄花瓣 4 枚、雌花瓣 5 枚，白色或淡粉紅色，花徑可達55mm；聚繖花序腋生。蒴果被銹色毛，具 3 個不等長的翼片。

●**生態**：分布於低、中海拔山區，生長在陰濕的林下或林緣。

埔里本部溪，左為雌花，右為雄花

埔里本部溪

圓果秋海棠 *Begonia aptera*

 4 5 6 7 8 9 低 中 草

●**特徵：**多年生草本植物；莖肉質，具地下莖。葉歪長橢圓形，疏細齒緣，兩面光滑。花單性，雌雄同株；雄花瓣4枚、雌花瓣6枚，白色，花徑可達25mm；聚繖花序腋生。蒴果呈漿果狀，扁球形，不具翼片。

●**生態：**分布於低、中海拔山區，生長在陰濕的林下。

烏來

烏來·雄花

烏來

鵝鑾鼻鐵線蓮 *Clematis terniflora var. garanbiensis* 毛茛科

8 9 10 海 蔓藤

墾丁龍磐

●**特徵**：多年生匍匐或攀緣性藤本植物；小枝光滑無毛。奇數羽狀複葉，近革質；小葉 3～11 枚，心形或長橢圓形，先端鈍但具有短刺狀尖突，全緣，兩面光滑，基出脈 3～5 條。花被 4 枚，白色，花徑可達 32mm；聚繖花序腋生。瘦果先端具一根滿被長毛的細長尾狀物。

●**生態**：分布於南台灣海邊地區，主要生長在珊瑚礁岩草叢。

墾丁龍磐

墾丁龍磐

221

串鼻龍 *Clematis grata*

毛茛科

5 6 7 8 9 10　平 低 中　蔓藤

內雙溪

●**特徵：**多年生攀緣性木質藤本植物；莖密被毛。一至二回三出複葉或羽狀複葉，紙質；小葉 3 ～ 9 枚，橢圓形或三角形，先端漸尖，基出脈 3 條，不規則粗鋸齒緣；表面粗糙或被毛，背面被毛。花近似鵝鑾鼻鐵線蓮（見前頁），花徑可達27mm；圓錐花序腋生。瘦果近似前種。

●**生態：**分布於平地至中海拔山區，攀爬生長在林緣、海邊草叢或圍籬。

內雙溪

內雙溪

蕺菜 魚腥草 *Houttuynia cordata*

三白草科

新店

●**特徵：**多年生草本植物；具地下莖。葉寬心形，脈上被毛，葉柄多呈褐色。無被花微小，呈穗狀花序，下緣具 4 枚白色、狀似花瓣的總苞片，徑可達 25mm。蒴果略呈球形。

●**生態：**分布於平地至低海拔山區，生長在潮濕的路旁、林緣、水溝邊、田埂或各類濕地。

新店

新店

223

柏拉木 *Blastus cochinchinensis*

●**特徵：**多年生常綠小灌木；全株近光滑。葉卵形或寬披針形，先端漸尖。花瓣 4 枚，白色，花徑可達 8 mm；繖形花序，頂生或腋生。蒴果近球形。

●**生態：**分布於低、中海拔山區，生長在林下、林緣或陰涼的山路邊坡。

脈耳草

Hedyotis strigulosa var. *parvifolia*

●**特徵**：多年生草本植物；全株光滑。葉叢聚，肉質，無柄，橢圓形、長橢圓形或倒卵形，側脈不明顯。花冠4深裂，白色（偶有淡粉紅色），徑可達7 mm，裂片基部內側（喉部）具長毛；聚繖花序呈圓錐狀排列，頂生或腋生。蒴果倒卵球形，先端平截，外側具宿存萼片。

●**生態**：分布於濱海地區，生長在海岸珊瑚礁或岩石縫隙。

倒地鈴　*Cardiospermum halicacabum*　　無患子科

1 2 3 4 5 6 7 8 9 10 11 12　　平 低　　　蔓藤

●**特徵：**多年生匍匐或攀緣性草質藤本植物；莖細長，具卷鬚。二回三出複葉；小葉卵形至披針形，具深粗鋸齒緣。花瓣 4 枚，白色，花徑可達 6 mm；聚繖花序腋生。蒴果倒卵形，具 3 稜，中空如氣球；種子黑色，具一個心形白斑。

●**生態：**分布於平地至低海拔山區，北部較少；攀爬生長在路旁、荒地、林緣或圍籬。

屏東老埤

屏東老埤

屏東老埤

揚波 白埔姜、駁骨丹　　*Buddleja asiatica* 　　　　馬錢科

●**特徵**：多年生落葉性灌木；嫩枝被星狀短毛。葉披針形，全緣至細鋸齒緣，葉背被短毛。花冠漏斗形，4 裂，白色，徑可達 5 mm；複穗狀花序，頂生或腋生。蒴果橢圓形。

●**生態**：分布於平地至中海拔山區，生長在路旁、河岸等開闊地。

台灣假山葵　*Cochlearia formosana*　

●**特徵：**多年生草本植物；全株近光滑。三出複葉或單葉，卵狀心形，全緣至波狀鈍齒緣。花瓣4枚，白色，具短柄，花徑可達6 mm；萼片4枚略似花瓣，但較短且無柄；總狀花序腋生。短角果近圓柱形。

●**生態：**分布於北部低、中海拔山區，生長在稍陰濕的路旁、林緣。特有種植物。

【**附記**】 葉片為台灣紋白蝶幼蟲食草。

烏來

烏來

薺

薺菜　　*Capsella bursa-pastoris*　　　　　　　　　　　十字花科

埔里

●**特徵：**一年生草本植物；全株被星狀毛。根生葉叢生，具柄，全緣至羽狀深裂；莖生葉披針形，葉基戟形或耳形。花瓣4枚，白色，花徑約3mm；總狀花序頂生。短角果倒三角形，兩側扁平，先端凹入。

●**生態：**分布於平地至低海拔山區，生長在田野、荒地、路旁。

【附記】 葉片為台灣紋白蝶與紋白蝶幼蟲食草。

埔里

埔里

獨行菜 小團扇薺 *Lepidium virginicum* 十字花科

●**特徵：**一年生草本植物；被細毛。根生葉為羽裂至羽狀複葉，裂片（小葉）倒卵形，邊緣淺裂；莖生葉明顯鋸齒緣；上部葉漸小，漸全緣。花瓣 4 枚，白色，花徑約 3 mm；總狀花序頂生。短角果扁圓形，先端凹入。

●**生態：**分布於平地至低海拔山區，生長在各類開闊荒地或海邊。歸化種，原產於北美洲。

【**附記**】 葉片為台灣紋白蝶與紋白蝶幼蟲食草。

陽明山

陽明山

陽明山

蔊菜 細葉碎米薺　*Cardamine flexuosa*　　十字花科

陽明山

●特徵：多年生草本植物；莖下部被伏毛，莖上部漸無毛；莖自基部處多分枝。根生葉不明顯，莖生葉奇數羽狀複葉，側小葉2～5對，小葉全緣或不規則淺裂。花瓣4枚，白色，花徑約2mm；總狀花序，頂生或腋生。長角果線形。

●生態：分布於平地至低海拔山區，生長在田園、荒地、路旁或林緣。

【附記】 葉片為台灣紋白蝶與紋白蝶幼蟲食草。

陽明山

陽明山

南投涼喉茶 *Hedyotis hedyotidea*

茜草科

●**特徵：**多年生草本植物；莖具4稜。葉對生，卵形至長橢圓狀披針形，背面脈上被毛。花冠鐘形，4深裂，白色，裂片常向外反捲，花徑約3 mm；花數多，聚繖花序呈圓錐狀排列。蒴果球形，頂端具宿存萼片。

●**生態：**分布於中部低海拔山區，生長在路旁、荒地或林緣。花具濃烈的香氣。

魚池

魚池

魚池

繖花龍吐珠 *Hedyotis corymbosa*　　　　　茜草科

●**特徵：**一年生草本植物；莖具 4 稜，光滑。葉對生，線狀披針形，單一脈。花冠 4 裂，白色或淡紫紅色，喉部密生粗長毛，花徑約 3 mm；聚繖花序，頂生或腋生。蒴果球形，頂端具宿存萼片。

●**生態：**分布於平地至低海拔山區，生長在路旁、荒地、田園。

233

長節耳草 狗骨消 *Hedyotis uncinella* 茜草科

3 4 5 6 7 8 9 10　　平 低　　草　　○

●**特徵：**多年生草本植物；莖具 4 稜，光滑。葉長橢圓形、橢圓形或卵狀披針形；葉表光滑，葉背散生短柔毛。花冠 4 裂，白色，喉部具粗長毛，花徑約 3 mm；頭狀花序，頂生或腋生。蒴果球形，具宿存萼片，被粗毛。

●**生態：**分布於平地至低海拔山區，生長在路旁、荒地或林緣開闊地。

屏東萬安

屏東萬安

白花鐵富豆 *Tephrosia candida* 豆科

9 10 11 12　平 低　灌

●**特徵：**多年生灌木；莖、枝被褐毛。奇數羽狀複葉；小葉11～25枚，長橢圓形，背面被毛。花冠蝶形，白色，寬可達28mm；總狀花序頂生。莢果線形，被毛。

●**生態：**分布於平地至低海拔山區。各地常見栽植，原產於印度至中國大陸南部，荒地與山路邊坡可見歸化繁殖。

【附記】　花與嫩果為波紋小灰蝶幼蟲食草。

235

菽草 白花苜蓿、白花三葉草　*Trifolium repens*　豆科

●**特徵：**多年生匍匐性草本植物；全株無毛。三出複葉，具長總柄；小葉無柄，倒卵形，細鋸齒緣，中央常具灰白色橫紋。花冠蝶形，白色，寬可達4mm；圓球形頭狀花序，頂生。莢果微小，線形。

●**生態：**分布於北部平地至低山帶，中部低至高海拔山區，生長在路旁、耕地、果園等開闊地。歸化種，原產於歐洲。

〖**附記**〗葉片為黃紋粉蝶幼蟲食草。

三腳剪 野慈姑 *Sagittaria trifolia* 澤瀉科

5 6 7 8 9　　平 低　　草　　○

陽明山

●**特徵**：多年生草本植物；具短根莖。葉叢生，呈三叉狀戟形，具長柄。花瓣 3 枚輪生，白色，花徑可達28mm；總狀花序，雌雄同株異花，雄花位於花序上部，雌花位於花序下部；花軸上每節 3 朵花。聚合果球形，由多數小型瘦果組成。

●**生態**：分布於平地至低海拔山區，生長在池澤、水溝或水田等濕地。

陽明山・雄花

陽明山

毛果竹葉菜 *Rhopalephora scaberrima*

5 6 7 8 9 10 11　　低 中　　草

●**特徵：**多年生草本植物；莖粗糙，基部匍匐，節處生根。葉互生，披針形至寬披針形，兩面略被毛。花瓣3枚，白色，花徑可達20mm；圓錐花序頂生。蒴果球形，密被鉤狀剛毛。

●**生態：**分布於低、中海拔山區，生長在森林下層或較陰涼的林緣、山路邊坡。

烏來

烏來

杜若 *Pollia japonica*

●**特徵**：多年生草本植物；具細長根莖，節處長鬚根；莖密被粗剛毛。葉互生，長橢圓形，表面粗糙，背面被柔毛。花瓣 3 枚，白色，花徑可達 6 mm；圓錐花序頂生。蒴果橢圓球形，熟果藍色。

●**生態**：分布於低海拔山區，生長在林下或較潮濕陰涼的林緣與山路邊坡。

小杜若 *Pollia minor* 鴨跖草科

4 5 6 7 8 9　　　低　　草

●**特徵：**多年生草本植物
；地下具匍匐長根莖。葉
互生，披針形或卵形。花
瓣 3 枚，白色，花徑可達
5 mm；萼片 3 枚略似花
瓣，但較短小；圓錐花序
頂生。蒴果球形，熟果藍
色。本種略似杜若（見前
頁），但植株、葉片、花
軸均明顯較短小。

●**生態：**分布於低海拔山
區，生長在林下或較陰涼
潮濕的林緣與山路邊坡。

大屯山

大屯山

大花曼陀羅 *Brugmansia suaveolens* 茄科

內雙溪

內山

●**特徵：**多年生常綠大灌木；小枝灰白色。葉互生，卵狀長橢圓形，全緣。花冠喇叭形，5 淺裂，白色，徑可達 100 mm；花單一腋生。蒴果木質，圓錐筒狀，結果率低。

●**生態：**分布於低、中海拔山區，生長在林緣或路旁。原為常見的觀賞性園藝植栽，局部山區有歸化情形。

241

穗花山奈 野薑花、蝴蝶薑 *Hedychium coronarium* 薑科

| | | | | | 6 | 7 | 8 | 9 | 10 | 11 | 12 | | 平 | 低 | | 草 | | ○ |

●**特徵**：多年生草本植物；具厚實的地下莖。葉長橢圓狀披針形。穗狀花序頂生；退化的雄蕊特化成3枚扁平瓣狀的醒目「花瓣」，白色，寬可達80mm；可孕的雄蕊與雌蕊合併一體；真正的花瓣是由花冠筒末端3裂的較不明顯的狹長線形細瓣。蒴果橢圓形，成熟3裂；種子橙紅色。

●**生態**：分布於平野與低海拔山區，常生長在潮濕的水邊濕地。盛花期為秋季。

【**附記**】 花具清香，可食用，花苞、花瓣為白波紋小灰蝶幼蟲食草。

242

絹毛鳶尾

閉鞘薑　　*Costus speciosus*　　　　　　　　　　薑科

●**特徵：**多年生草本植物；具塊狀地下走莖，老枝常分枝。葉互生，常沿莖呈輪梯狀生長；披針形，背面被絨毛。花冠略呈歪斜喇叭狀，白色，偶有淡粉紅色，徑可達60mm；穗狀花序密集頂生。蒴果略呈球形，具 3 稜，萼片宿存；熟果紅色。

●**生態：**分布於中、南部平野至低海拔山區，生長在路旁或林緣。

烏來月桃　大輪月桃　*Alpinia uraiensis*　薑科

●**特徵：** 多年生草本植物
；具地下莖。外觀近似全
島普遍分布的月桃（見後
頁），主要的差異是本種
葉表具許多脈狀的微幅橫
條隆起，花、果軸不下垂
，月桃的花、果軸向下垂
吊；花寬可達42mm；蒴
果近卵球形，明顯被毛，
不具縱稜；熟果橙黃色。

●**生態：** 分布於苗栗至宜
蘭以北低海拔山區，生長
在林緣、山路邊坡。特有
種植物。

新店

月桃 玉桃 *Alpinia zerumbet* 薑科

| | | | 5 | 6 | 7 | 8 | 9 | | | | 平 | 低 | | | 草 | | | ◉ |

新店

新店

新店

●**特徵**：多年生草本植物；具地下走莖。葉寬披針形，具緣毛。花瓣3枚，白色；唇瓣（最大一枚花瓣）內側黃色，中央具大型紅斑，寬可達25mm；圓錐花序頂生，多彎曲下垂。蒴果球形，具縱稜；熟果橙紅色。

●**生態**：分布於平地至低海拔山區，生長在田野、林緣或田路邊坡。

【附記】 葉片為黑挵蝶與大白紋挵蝶幼蟲食草。

島田氏月桃 *Alpinia shimadae* 薑科

陽明山

●**特徵**：多年生草本植物；具地下莖。植株外觀略似月桃（見前頁），但葉的背面中肋和葉緣被毛。花白色，下方唇瓣內側僅有紅色斑紋，不具黃色斑紋，寬可達20mm；圓錐花序頂生。蒴果球形，被疏毛，熟果橙紅色至紅色；花、果軸直立。

●**生態**：分布於低海拔山區，生長在林緣或較有日照的森林下層。特有種植物。

陽明山

陽明山

246

山月桃仔 小月桃 *Alpinia intermedia* 薑科

新店

新店

陽明山

●**特徵**：多年生草本植物。葉狹長橢圓形，光滑。花瓣3枚，白色，具紅色斑紋，唇瓣寬可達10mm；圓錐花序頂生。蒴果球形，熟果紅色。

●**生態**：分布於低海拔山區，生長在山路邊坡、林緣或林間。

空心菜 蕹菜、甕菜 *Ipomoea aquatica*

①②③④⑤⑥⑦⑧⑨⑩⑪⑫　平 低　蔓藤

●**特徵：**多年生匍匐性草本植物；幼莖中空或海綿狀內心。葉無毛，外形變化大，卵形、心形、披針形、寬線形或三角形。花冠五角狀漏斗形或圓漏斗形，全白，或冠筒內紫紅色，花徑可達60mm；花單一腋生。蒴果卵形或球形。

●**生態：**分布於平地至低海拔山區，生長在路旁、河岸、荒地，或漂浮在溝渠或水田。常用蔬菜，野外普遍歸化。盛花期為秋至早春。

【附記】 葉片為琉球紫蛺蝶幼蟲食草。

鳳山

鳳山

鳳山

厚葉牽牛

Ipomoea imperati

北濱溪底

●**特徵：**多年生蔓性草本植物；莖光滑無毛。葉光滑，外形變化大，全緣至3～5裂，卵形、長卵形、心形、披針形或線形。花冠漏斗形，5淺裂或呈五角形，白色，冠筒內黃色，花徑可達53mm；花常單一腋生。蒴果球形，表面光滑。

●**生態：**分布於濱海地區，生長在海岸砂灘地。

上篇　新汽

盒果藤 *Operculina turpethum*

1 2 3 4 5　　　11 12　平 低　　蔓藤　○

●**特徵：**多年生蔓性藤本植物；莖具翼片狀縱稜。葉卵圓形或心形，兩面被毛。花冠漏斗形，常 5 淺裂，白色，冠筒內淡黃色，花徑可達50mm；聚繖花序腋生。蒴果扁球形，呈中空氣囊狀，外覆宿萼；種子 4 或 3 枚。

●**生態：**分布於平地至低海拔山區，南部較常見，生長在路旁、荒地、林緣或圍籬。

白花牽牛

Ipomoea biflora

旋花科

車城

●**特徵：**多年生蔓性或纏繞性草本植物；莖纖細，被長粗毛。葉心形，兩面被粗毛。花冠漏斗形或筒狀，白色，徑可達13mm；花 1～3 朵腋生。蒴果卵形或球形。

●**生態：**分布於平地至低海拔山區，生長在荒地或路旁。

龍崎

龍崎

角桐草 *Hemiboea bicornuta*

| 1 | | | | | 9 | 10 | 11 | 12 | | | 低 | 中 | | 草 | | | |

●**特徵：**多年生草本植物；莖呈深紫褐色。葉對生，披針形、長橢圓狀披針形或倒披針形，不明顯的波狀鈍齒緣。花冠筒狀漏斗形，白色，內側黃色，散生紫紅色斑，花徑可達23mm；聚繖花序，腋生或近頂生。蒴果呈彎曲線形。

●**生態：**分布於低、中海拔山區，生長在陰涼潮濕的林緣或步道兩側。

大屯山

大屯山

大屯山

頭花香苦草　*Hyptis rhomboides*

唇形科

| | | | | 6 | 7 | 8 | 9 | 10 | | | 平 | 低 | | 草 | | | ● |

蓮華池

●**特徵：**多年生草本植物；莖方形，被細毛，基部木質化。葉卵形至橢圓形，兩面被短毛，背面具腺點，鋸齒緣。花冠基部筒狀，先端二唇裂，白色；頭狀花序，頂生或腋生，花序徑可達20mm。瘦果橢圓形，具宿存萼片，聚合成球狀。

●**生態：**分布於平地至低海拔山區，生長在荒地、路旁或田埂。

蓮華池

蓮華池

253

鴨舌癀 過江藤 *Phyla nodiflora* 馬鞭草科

4 5 6 7 8 9 10 　 海 　 蔓藤 　 ○

●**特徵**：多年生匍匐性草本植物；莖細長，具分枝，被硬毛。葉對生，倒卵形或匙形，銳鋸齒緣。花冠基部筒狀，先端唇形淺裂，由白色漸轉變為淡紫紅色，寬可達 7 mm；花多數密集形成頭狀花序，漸轉成圓柱狀，腋生。乾果狀的核果寬倒卵形，呈 2 分果。

●**生態**：分布於海岸與離島，生長在砂質地草叢。

見風紅　*Lindernia pusilla*

玄參科

●**特徵**：一年生草本植物；莖方形，多分枝。葉對生，寬卵形至寬橢圓形，無柄，淺鈍鋸齒緣，葉背被直毛。花冠唇形，白色或淡紫色，下唇 3 裂，基部具小型黃斑，寬可達 7 mm；花單生或 2～4 朵簇生於葉腋。蒴果球形，略短於宿萼。

●**生態**：分布於南部、東部平地至低海拔山區，生長在濕生草地、池澤旁、田埂或休、廢耕水田。

擬紫蘇草 白花紫蘇草 *Limnophila aromaticoides* 玄參科

●**特徵：**一或多年生草本植物。葉對生或 3 ～ 4 枚輪生，橢圓形至長橢圓狀披針形，鋸齒緣。花冠基部筒狀，先端略呈唇形，白色，偶有淡粉紅色，寬可達 7 mm；花具柄，單生葉腋。蒴果卵形，具長柄，略短於宿萼。

●**生態：**分布於北、中、東部平地至低海拔山區。為典型的水生植物，生長在水田、溝渠、池澤或恆濕草地。

256

益母草 *Leonurus japonicus*

2 3 4 5 6 7 8 9 10　　平 低　　草

●**特徵：**一或二年生草本植物；莖方形，全株被毛。葉對生，輪廓為卵形，先掌狀 3 全裂，裂片再呈羽狀深裂，兩面被毛。花冠唇形，白色或粉紅色，下唇 3 裂，寬可達 6 mm；輪生的聚繖花序，密生於葉腋。三稜形堅果 4 枚，外覆宿存萼片。

●**生態：**分布於平地至低海拔山區，生長在荒地、田埂、路旁或海邊。盛花期 3 ～ 5 月。

【**附記**】　白花植株常被栽培作為藥用植物。

白花草 *Leucas chinensis*

1 2 3 4 5 6 7 8 9 10 11 12　平 低 中　草

●**特徵**：多年生草本植物
；莖基部伏臥，多分枝。
葉對生，卵形或寬卵形，
粗鋸齒緣，兩面被毛。花
冠唇形，白色，寬可達 6
mm；輪生的聚繖花序，
密生於葉腋。堅果形態近
似益母草（見前頁）。

●**生態**：分布於平地至中
海拔山區，生長在路旁、
荒地草叢或海邊岩石地。

屏東萬安

屏東萬安

闊葉鴨舌黃舅

Spermacore latifolia

5 6 7 8 9 10 　低　草　　○

南投南山溪

●**特徵**：多年生草本植物；莖方形，被短毛，稜上被粗逆毛。葉對生，長橢圓狀卵形、橢圓形或長橢圓狀倒卵形，被粗糙短毛刺；托葉具5～7枚呈枝狀分叉的刺毛。花冠漏斗形，4淺裂，白色或極淡的粉紅色，徑可達5 mm；花簇生於葉腋，呈頭狀排列。蒴果藏於宿萼中，熟果2分。

●**生態**：分布於低海拔山區，生長在乾燥的荒地、路旁，尤其以紅土土質地區較普遍。

南投南山溪

台灣鱗球花 *Lepidagathis formosensis*

爵床科

1 2 3 4 5 6 7 8 9 10 11 12 低 草

●**特徵**：多年生草本植物
；莖具 4 稜，基部略木質
化。葉對生，長橢圓狀卵
形或卵狀披針形，脈上被
疏毛。花冠基部筒狀，先
端略呈唇形裂，白色，寬
約4.5mm；穗狀花序，頂
生或腋生。蒴果圓錐形。

●**生態**：分布於低海拔山
區，生長在林緣或較陰涼
的山路邊坡。盛花期為冬
、春二季。

【**附記**】 葉片為枯葉蝶、
黑擬蛺蝶、眼紋擬蛺蝶幼
蟲的食草。

屏東霧台

260

台灣及己 四葉蓮　*Chloranthus oldhami*　金粟蘭科

3 4 5 6　　　　　　　　低　　草　　　　

鳥來

●**特徵：**多年生草本植物；莖於節處膨大。葉多4枚，兩兩成對簇生於莖頂，近菱形的寬卵形，鋸齒緣。無被花（僅具花蕊）白色，雄蕊3枚，基部合生成3叉狀；穗狀花序頂生，2～6分枝，多彎曲或下垂。核果倒卵形，先端呈尖突狀。

●**生態：**分布於低海拔山區，生長在林下、林緣或較陰涼的山路邊坡。

鳥來

鳥來

三白草 *Saururus chinensis*

●**特徵：**多年生草本植物。葉互生，卵狀心形；花期時，頂端葉片 2 ～ 3 枚呈白色。無被花（僅具花蕊）微小，近白色；總狀花序與葉對生。蒴果呈卵形。

●**生態：**分布於平地至低海拔山區，生長在池澤、水田、溝渠等各類濕地。

台北雙溪

福隆

台北雙溪

262

花被6枚　P.264,265

P.264~265

P.266~268

花冠5裂　P.266~268

P.269

花瓣4枚　P.269

P.270~276

花冠蝶形　P270

花瓣3（或2）枚　P.271,272

花冠輪形　P.273,274,276

花冠漏斗形　P.275

鴨舌草 *Monochoria vaginalis* 雨久花科

1 2 3 4 5 6 7 8 9 10 11 12 ☐ 平 低 ☐ ☐ 草 ☐ ○

●**特徵：**一年生草本植物；全株無毛。葉根生，水上葉卵狀心形，具長柄，浮水葉線狀披針形，沈水葉線形。花被 6 枚，紫藍色，花徑可達20mm；總狀花序從水上葉葉柄生出。蒴果卵形，果柄下垂。

●**生態：**分布於平地至低海拔山區，生長在水田、池澤或溝渠中，為典型的水生植物。

內雙溪

內雙溪

內雙溪

●**特徵：**多年生草本植物；具發達的匍匐性地下根莖。葉互生，線狀披針形。花被 6 枚，紫藍色（閃光燈拍攝下多呈紫色），花徑可達20mm；圓錐花序，具長花軸。漿果略呈球形，熟果藍紫色。

●**生態：**分布於平地至中海拔山區，生長在路旁、草叢、山路邊坡或海邊。

265

細葉蘭花參　*Wahlenbergia marginata*　桔梗科

陽明山

龍洞・白花

陽明山

陽明山

●**特徵：**多年生草本植物；莖直立，基部匍匐。根生葉倒披針形或匙形，莖生葉線形或狹橢圓形。花冠5深裂，紫藍色（閃光燈拍攝下常呈藍紫色），偶有白色，徑可達13mm；花單一頂生。蒴果倒長圓錐形。

●**生態：**分布於平地至中海拔山區，生長在開闊草生地或海邊。

266

新竹港南

●**特徵：**一或二年生草本植物；莖方形，基部匍匐。葉對生，卵形，無柄。花冠 5 深裂，紫藍色，偶有淡紅色（少見），徑可達10mm；花單一腋生。蒴果球形。

●**生態：**分布於海濱地區，生長在海岸砂地或近海的耕地附近與路旁。

新竹港南

綠島

長穗木

Stachytarpheta jamaicensis

馬鞭草科

1 2 3 4 5 6 7 8 9 10 11 12 平 低 灌

埔里

埔里

墾丁・藍蝶猿尾木

●**特徵：**多年生常綠半灌木；莖方形，光滑。葉對生，卵形或橢圓形至長橢圓形，鋸齒緣。花冠５裂，紫藍色（閃光燈拍攝下多呈藍紫色），徑可達10mm；穗狀花序頂生。蒴果長橢圓形，藏於宿存花萼內。

●**生態：**分布於平地至低海拔山區，生長在路旁、荒地。歸化種，原產於熱帶美洲。

【**附記**】 近似種藍蝶猿尾木（*S. cayennensis*）為常見的另一歸化種，其花、葉顏色較淡，莖與葉脈泛紫色條紋，鋸齒狀葉緣較不明顯，葉表葉脈凹陷較淺。

阿拉伯婆婆納 台北水苦薏 *Veronica persica* 玄參科

1 2 3 4 5 6 7   12   平 低 中   草

陽明山

●**特徵：**一或二年生草本植物；莖斜上生長或略匍匐，全株被軟毛。葉卵形或三角狀卵形，粗鋸齒緣，兩面被毛。花瓣4枚，藍青色，花徑可達9mm；花單一腋生。蒴果略呈扁心形。

●**生態：**分布於平地至中海拔山區，生長在路旁、荒地、田野。歸化種，原產於南歐至中亞一帶。

陽明山

陽明山

269

蝶豆

Clitoria ternatea

豆科

●**特徵：** 多年生攀緣性草質藤本植物；全株被毛。奇數羽狀複葉；小葉 5 ～ 9 枚，卵形至橢圓形。花冠蝶形，紫藍色（閃光燈拍攝下常呈藍紫色或紫色），偶有白色，旗瓣特大，寬可達35mm；花單一腋生。莢果線形、扁平。

●**生態：** 分布於中、南部平地至低海拔山區，攀爬生長在草叢、荒地或林緣灌叢。歸化種，原產於南美洲。

鴨跖草

Commelina communis

鴨跖草科

 1 2 3 4 5 6 7 8 9 10 11 12　平 低 中　蔓藤

●**特徵**：多數為一年生匍匐性草本植物；莖上部斜上生長。葉互生，披針形至卵狀披針形。花瓣 3 枚，藍青色（部分植株其中一枚變小且呈白色），花徑可達20mm；聚繖花序由佛燄苞狀總苞片中長出，頂生或腋生。蒴果呈略歪斜的卵形。

●**生態**：分布於平地至中海拔山區，生長在池澤、溝渠、水田旁濕地或較潮濕的路旁草叢。

271

耳葉鴨跖草 *Commelina auriculata*

| 1 | 2 | 3 | 4 | 5 | 6 | 7 | 8 | 9 | 10 | 11 | 12 | 平 低 中 | 蔓藤 |

●**特徵：**多年生匍匐性草本植物。外觀近似鴨跖草（見前頁），但本種花瓣常呈水青色，且僅有 2 枚較明顯，花寬可達16mm；最主要差異是本種蒴果球形，具 3 個圓弧狀縱突。

●**生態：**分布於平地至中海拔山區，生長在池澤、溝渠、水田旁濕地或較潮濕的路旁、草叢與山路邊坡。

屏東瑪家

屏東瑪家

屏東瑪家

272

倒地蜈蚣 *Torenia concolor* 玄參科

陽明山

●**特徵：**多年生匍匐性草本植物；莖方形。葉對生，卵形至三角狀卵形，粗鋸齒緣。花冠基部筒狀，先端呈二唇形，下唇 3 裂，紫藍色或藍紫色（閃光燈拍攝下多呈藍紫色），偶有白色，寬可達34mm；花多單一腋生。蒴果狹長橢圓形，藏於宿萼中。

●**生態：**分布於低、中海拔山區，生長在較潮濕的路旁、荒地、草叢或林緣草地。

陽明山

273

長梗花蜈蚣 *Torenia violacea*

●**特徵：**一年生匍匐性草本植物；莖上部直立或斜上生長，方形。葉對生，卵形，鋸齒緣。花形同倒地蜈蚣（見前頁），花色淡紫藍色，下唇瓣具大型紫藍色斑紋和小黃斑（閃光燈拍攝下紫藍色部分呈藍紫色或紫色），偶有白色花，寬可達19mm；花單一腋生。蒴果狹長橢圓形，藏於宿萼中。

●**生態：**分布於中、南部平地至低海拔山區，生長在較潮濕的荒地、路旁、田埂、草叢或林緣。

【**附記**】 近似的栽培園藝種花公草（*T. fournieri*）花色品系變化大，為直立草本植物。

土丁桂 *Evolvulus alsinoides*

旋花科

●**特徵：**多年生匍匐性草本植物；全株密被長柔毛。葉互生，橢圓形、長橢圓形、寬卵形、卵圓形或匙形。花冠淺漏斗形，5淺裂，藍青色，徑可達15 mm；花1～3朵腋生。蒴果球形。

●**生態：**主要分布於海濱地區，生長在海岸砂地、草叢、岩縫或河床。

尖舌草 全唇尖舌苣苔 *Rhynchoglossum obliquum var. hologlossum* 苦苣苔科

●**特徵：**一年生草本植物；莖近無毛。葉互生，歪狹卵形。花冠基部筒狀，先端呈二唇形，紫藍色（閃光燈拍攝下常呈藍紫色），寬可達 4 mm；總狀花序頂生。蒴果卵形，藏於宿萼中。

●**生態：**分布於中、南部低、中海拔山區，生長在較陰涼潮濕的林緣、山路邊坡或步道旁。

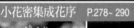
小花密集成花序 P.278~290

P.278~290

花被（花瓣）6枚 P.291~294

P.291~294

P295~318

花瓣（花被）5枚
P295~304,310,311,313~315,317,318

花冠5裂 P.305~309,312,316

花瓣4枚 P.319~321

花被6枚似4瓣
P.322

P.319~322

P.323~384

花冠蝶形
P.323~346

花瓣3枚
P.347,348

花冠唇形 P.349~353,364~377,379~383

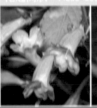

花冠漏斗形 P.354~359,378

花冠筒狀 P.360~363

花冠少開展
P.384

紫色的花

277

杜虹花

Callicarpa formosana var. formosana

3 4 5 6 7 8 9　　平 低　　灌　　○

●**特徵**：多年生常綠灌木
；全株密被褐色星狀絨毛
。葉對生，具淺鋸齒緣。
花朵小，花數多，淡紫紅
色，聚繖花序；花冠筒狀
，4裂，雄蕊長；整體花
序略似菊科花朵，故與菊
科植物並列介紹。核果球
形；熟果紫色，肉質。

●**生態**：分布於平野與低
海拔山區，主要生長在山
區林緣。北部花期集中於
4～5月間，南部地區花
期較長。

【**附記**】　由於果期頗長，
常被利用為切花材料。

新埔

新埔

內雙溪

南國小薊 *Cirsium japonicum var. australe* 菊科

●**特徵**：多年生草本植物；莖被白色長毛。葉披針形，先端尖銳，表面密被毛，背面沿葉脈密被毛；葉緣羽狀全裂，多刺。頭花粉紅色或淡紫紅色，徑可達45mm；單一的筒狀花花冠先端裂片較花冠筒長。瘦果長橢圓形。

●**生態**：分布於低、中海拔山區，生長在路旁或空曠的草生地。

【**附記**】另一變種白花小薊（var. *takaoense*）葉表無毛，花冠白色。僅分布於墾丁的近似種雞鵤刺（*C. brevicaule*）葉長橢圓形，先端較鈍；花冠白色，花柱淡紫紅色，花冠先端裂片較花冠筒短。

香澤蘭　*Chromolaena odorata*

| 1 | 2 | 3 | 4 | | | | | 11 | 12 | | 平 | 低 | | | 草 | | | ○ |

●**特徵：**多年生草本植物，外觀狀似灌木；莖密被捲毛。葉對生，卵形至三角形，粗鋸齒緣，背面具腺體。頭花白紫色，不具舌狀花，雌蕊花柱極長，含花柱單一頭花花徑可達18mm；頭花呈繖房狀排列。瘦果黑色，5稜，具有黃褐色短冠毛。

●**生態：**分布於中、南部平地至低海拔山區，生長在路旁、荒地、林緣、山路邊坡。為新近歸化的極優勢雜草，原產於北歐。

屏東萬安

屏東萬安

美濃

青葙　*Celosia argentea*　　　　　　　　　　莧科

●**特徵：**一年生草本植物；全株光滑無毛。葉互生，披針形或卵形。花被 5 枚，紫紅色、粉紅色或白色，因花小而密集，故置於多瓣中介紹；穗狀花序，頂生或腋生，花序寬可達18mm。胞果球形。

●**生態：**分布於平地至低海拔山區，生長在路旁、荒地或林緣開闊地。白花族群南部、東部較常見。盛花期為秋、冬二季。

含羞草 *Mimosa pudica*

豆科

1 2 3 4 5 6 7 8 9 10 11 12　平 低　　蔓藤　○

●**特徵**：一至多年生匍匐性灌木；莖疏被逆刺與剛毛。葉互生；二回羽狀複葉，羽片 2 對呈掌狀排列，葉脈具疏刺，葉片一經碰觸會立即縮合。花小型，具長花絲（雄蕊），呈球形頭狀花序密生，因而置於多瓣中介紹；頭花紫紅色，徑可達16mm。莢果 3 ～ 4 節，扁平，長橢圓形，具刺毛。

●**生態**：分布於平地至低海拔山區，生長在路旁、荒地、草坪等開闊地。北部花期較短，主要於夏季。早年的歸化種，原產於熱帶美洲。

關刚

內雙溪

內雙溪

美洲含羞草 *Mimosa diplotricha*

豆科

1 2 3 4 5 6 7 8 9 10 11 12　　平 低　　亨　　○

南投魚池

●**特徵：**多年生草本植物；莖具4稜並密被4排逆刺，基部木質化。二回羽狀複葉，羽片3～8對；葉片經碰觸後會緩慢縮合。花略似含羞草（見前頁），頭花粉紅色，徑可達15mm。莢果可多達5節，扁平，長橢圓形，密被剛毛與短刺。

●**生態：**分布於中、南部平地至低海拔山區，生長在路旁、荒地。歸化種，原產於熱帶美洲。

屏東老埤

屏東老埤

泥胡菜　*Hemistepta lyrata*　　　　　菊科

●**特徵：**二年生草本植物。葉互生，寬倒披針形，羽狀深裂，背面被白絨毛。頭花紫紅色，無舌狀花，徑可達14mm；呈繖房狀排列，頂生。瘦果長橢圓形，具羽狀冠毛。

●**生態：**分布於平地至低海拔山區，生長在路旁、荒地、休耕田或林緣。南部花期較早，在秋、冬之際；北部花期多為春季。

紫花藿香薊　*Ageratum houstonianum*　菊科

●**特徵：**一年生草本植物；莖密被捲毛。葉對生，上部葉常互生，卵形或三角形，兩面密被柔毛。頭花淡紫紅色或淡紫藍色，無舌狀花，徑可達12mm；頭花密生，呈繖房狀排列，頂生。瘦果黑色，5稜，具5～6枚基部合生的鱗片狀冠毛。

●**生態：**分布於平地至中海拔山區，生長在路旁、林緣、荒地或休、廢耕田地。歸化種，原產於熱帶美洲。

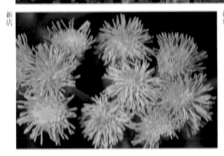

285

一枝香　*Vernonia cinerea* var. *cinerea*

●**特徵**：一年生草本植物；莖分枝少，全株被毛。葉互生，外形變化大，卵形、倒卵形、狹匙形、菱形、披針形或長橢圓形等；兩面被毛。頭花紫紅色，不具舌狀花，徑可達11mm；呈繖房狀排列。瘦果具2輪白色冠毛。

●**生態**：分布於平地至中海拔山區，生長在路旁、荒地、林緣或山路邊坡。

烏來

屏東老埤

鳳山

286

山苦蕒

假福王草　　　*Paraprenanthes sororia*　　　　　菊科

鳥來

●**特徵：**多年生草本植物；花軸粗高，無毛。葉大型，三角形，淺裂、羽裂或琴狀裂，先端尖銳，鋸齒緣。頭花淡紫色，由6～9朵舌狀花組成，徑可達9mm；呈圓錐狀排列，頂生。瘦果黑色，具縱稜與白色冠毛。

●**生態：**分布於低、中海拔山區，生長在路旁、林緣或山路邊坡。

【附記】 近似種台灣福王草（*Notoseris formosana*）頭花由5朵舌狀花組成，瘦果紅褐色。

鳥來

鳥來

紫背草 *Emilia sonchifolia* var. *javanica*

●**特徵：**一年生草本植物；莖常帶紫色，無毛或被疏毛。葉多琴狀裂，被疏白毛，背面多為紫色。頭花粉紅色，不具舌狀花，徑可達 8 mm；2 ～ 5 個頭花呈繖房狀排列，頂生。瘦果淡黃褐色，具縱稜與白色密冠毛。

●**生態：**分布於平地至低海拔山區，生長在路旁、荒地、林緣等開闊地。

帚馬蘭 掃帚菊 *Aster subulatus*

菊科

●**特徵**：一年生高大草本植物；全株無毛。葉互生，線形或線狀披針形，無柄。頭花徑可達 7 mm，邊花（舌狀花）白紫色，心花（筒狀花）黃色；頭花呈鬆散的總狀排列。瘦果黃褐色，具縱稜與白色冠毛。

●**生態**：分布於平地至低海拔山區，生長在路旁、荒地、河床等開闊地。歸化種，原產於北美洲。

飛機草 *Erechtites valerianifolia*

1 2 3 4 5 6 7 8　　11 12　　平 低 中　　草　　○

●**特徵：**一年生草本植物；莖具縱稜，近無毛。葉長橢圓形，羽狀深裂或淺裂，裂片具不規則粗鋸齒緣。頭花淡紫紅色，不具舌狀花，徑可達4 mm；呈圓錐狀排列，直立、橫生至下垂同時並存，頂生。瘦果黃褐色，具縱稜與細絲狀白色冠毛。

●**生態：**分布於平地至中海拔山區，生長在路旁、荒地或林緣。歸化種，原產於南美洲。

〔**附記**〕 近似種饑荒草（*E. hieracifolia*），葉片披針形，粗鋸齒緣或羽狀淺裂；頭花直立向上，花冠黃綠色或黃色。

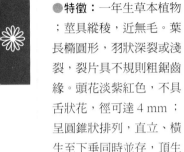

新店

內雙溪

布袋蓮

Eichhornia crassipes

雨久花科

●**特徵**：多年生浮水性草本植物；具走莖。單葉，根生，寬卵形、菱形或橢圓形，葉柄膨大，海綿質。花瓣 3 枚，萼片 3 枚近似花瓣，淡紫色，上方花瓣中心具黃斑，花寬可達 65mm；總狀花序自各葉中間生出。蒴果成熟時，彎曲下垂泡入水中。

●**生態**：分布於平地至低海拔地區，生長在池澤、水田、河流緩流處。盛花期為 6 與10月。

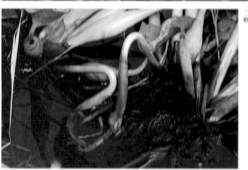

山油點草 *Tricyrtis stolonifera*

●**特徵**：多年生草本植物
；具匍匐的地下根莖。葉
橢圓形或狹卵形，常具深
綠色油漬般斑點，背面被
毛。花被6枚，3大3小
，整體呈紫紅色，並具紫
色斑點，花徑可達40mm
；花柱2叉狀3裂；花3
～5朵頂生。蒴果呈3稜
長柱狀。

●**生態**：分布於低至高海
拔山區，生長在林下或較
陰涼潮濕的路旁、林緣。
盛花期為秋天。

【**附記**】　近似種台灣油點
草（*T. formosana*）不具地
下走莖；花色較淡，6枚
花被大小相近（不具3枚
呈線形的小花被）。

陽明山

三峽

綿棗兒 *Scilla sinensis*

百合科

7 8 9 10 11　平 低　草

●**特徵**：多年生草本植物；具地下鱗莖。葉倒披針狀或披針狀狹長線形。花被6枚，倒披針形或狹披針形，紫紅色，花徑可達8 mm；總狀花序，花軸細長（海邊岩縫地的族群花軸較短）。蒴果橢圓形，具3個不明顯的淺縱凹陷。

●**生態**：分布於平地至低海拔山區，生長在林緣、開闊地或海邊。

克非亞草 *Cuphea cartagenensis*

千屈菜科

1 2 3 4 5 6 7 8 9 10 11 12　　平 低　　草　　　○

●**特徵**：多年生草本植物
；莖略木質化，被紫褐色
腺毛。葉對生，橢圓形，
兩面被毛。花瓣6枚，左
右對稱，大小不一，紫紅
色，花寬可達4mm，花
萼被腺毛；花頂生或腋生
。蒴果，種子紫黑色。

●**生態**：分布於平地至低
海拔山區，生長在濕地或
較潮濕的路旁、荒地或林
緣。

日月潭

烏來

烏來

294

木芙蓉 *Hibiscus mutabilis*

8 9 10 11 12　平 低　灌　○

鳳山

●**特徵：**落葉性大灌木或小喬木；全株密被星狀毛。葉互生，五角狀心形，多為 5 淺裂，裂片長三角形，先端狹長、漸尖，粗圓齒緣；兩面被星狀毛。花瓣 5 枚，初為淡粉紅色至白色，顏色漸變深，花徑可達 110 mm；花單生葉腋。蒴果滿被星狀毛。

●**生態：**分布於平地至低海拔山區，生長在荒地、山坡，常被利用於庭園植栽。

【**附記**】 極普遍的近似種山芙蓉（*H. taiwanensis*），野外多為喬木；葉常 3 淺裂，裂片寬三角形，花色較淡；花柄僅被長毛，不被星狀毛。

鳳山

鳳山

野牡丹 *Melastoma candidum*

4 5 6 7 8　　平 低　　灌

內湖

新店・白花

內雙溪

新店

●**特徵：**多年生常綠灌木；枝條被硬毛。葉對生，卵形、寬卵形或卵狀橢圓形，全緣；表面被伏毛，基出脈 3 ～ 5 根。花瓣 5 枚，淡紫紅或粉紅色，偶有白色，花徑可達80mm；纖形花序頂生。蒴果包藏於宿存的花萼中，成熟時不規則開裂。

●**生態：**分布於平地至低海拔山區，生長在路旁、林緣、山坡等開闊地。

野棉花 *Urena lobata*

錦葵科

陽明山

●**特徵：**多年生半灌木；全株被星狀毛。葉互生，外形變化極大，多呈卵形至圓形，常掌狀淺裂。花瓣 5 枚，粉紅色，偶有白色，花徑可達28mm；花單生葉腋或 2 ～ 3 朵簇生。蒴果略呈扁球狀，具鉤刺。

●**生態：**分布於平地至中海拔山區，生長在路旁、荒地或林緣。中海拔地區於春季盛開，一般低、平地區盛花期為夏、秋季。

陽明山

梵天花 *Urena procumbens*　　　　　錦葵科

屏東瑪家

新店・白花

屏東瑪家

屏東瑪家

●**特徵**：多年生落葉性半灌木；全株被星狀毛。外觀略似野棉花（見前頁），主要差異是本種葉片多為 3～5 深裂，葉表常呈深淺兩色，外圍顏色較深；成熟果實的萼片平展或反捲，野棉花的萼片幾乎貼緊果實；花色粉紅或白色。

●**生態**：分布於平地至低海拔山區，生長在路旁、荒地、林緣或林下。白花族群北部較常見，多生長在林間或林緣，花期 1～4 月。

298

紫花酢醬草 *Oxalis corymbosa*

酢醬草科

1 2 3 4 5 6 10 11 12 平 低 中 草 ◯

福隆

陽明山

●**特徵：**多年生草本植物；無地上莖，具地下球莖。葉根生，具長柄，三出複葉，小葉倒心形。花瓣5枚，紫紅或粉紅色，花徑可達24mm；花數朵或多朵呈繖形排列，生於長花軸頂端。蒴果呈長橢圓形。

●**生態：**分布於平地至中海拔山區，生長在路旁、荒地、田園、草坪或林緣與山路邊坡。

台北菫菜 *Viola nagasawai* var. *nagasawai*

菫菜科

●**特徵：**多年生草本植物；常具匍匐狀走莖，節處生根與蓮座狀的叢生葉。葉卵形至橢圓形，先端圓鈍，圓齒緣；葉表被直毛，葉背被疏直毛（多集中脈上）；葉柄具翼片，密被直毛。花瓣 5 枚，淡紫色至近白色，並具紫色條紋，花寬可達24mm；花柄與萼片被直毛。蒴果橢圓形。

●**生態：**分布於北部低、中海拔山區，生長在較陰涼潮濕的路旁、林緣或岩壁縫隙。

〖**附記**〗 分布於中、北部的另一變種普萊氏菫菜（var. *pricei*），植株較大，葉為三角狀卵形，先端尖銳，兩面被較疏的直毛。

大屯山

大屯山

大屯山

短毛菫菜 菲律賓菫菜 *Viola confusa* 菫菜科

2 3 4 5 　　平 低　草　○

鼻頭角

●**特徵：**多年生草本植物；植株無地上莖或走莖。葉根生，卵形、三角狀卵形至三角形，先端圓鈍，基部心形或寬心形，圓齒緣或鈍鋸齒緣。花瓣5枚，紫色或紫紅色，花寬可達20mm；花柄與萼片密被短毛。蒴果橢圓形。

●**生態：**分布於平地至低海拔山區，生長在路旁、荒地或林緣。本屬各類菫菜於夏、秋季常具花苞，但無花瓣（不開花），行自花授粉，會結果。

【附記】 本屬各種菫菜的唇瓣（下方花瓣）後方延伸出一個管狀的花距，內有蜜腺；葉片多為黑端豹斑蝶幼蟲食草。

鼻頭角

鼻頭角

小堇菜

Viola inconspicua ssp. *nagasakiensis*

1 2 3 4　　11 12　　低中　草　　○

●**特徵：**多年生草本植物；外觀近似短毛董菜（見前頁），植株亦無地上莖或走莖。本種的差異特徵為葉片先端尖銳；花柄與萼片並不被短毛，唇瓣（下方花瓣）先端常略呈尖突狀，短毛董菜的唇瓣先端圓形。

●**生態：**分布於低、中海拔山區，生長在路旁、荒地或林緣。

埔里

三峽

三峽

匍菫菜 如意草 *Viola arcuata* 董菜科

1 2 3 4 5 □ □ □ □ 11 12 □ □ 低 中 □ □ 蔓藤 ○

●**特徵**：多年生草本植物；具多分枝的匍匐走莖，節處生根與蓮座狀的叢生葉。葉心形，淺圓齒緣，先端鈍角狀尖銳。花瓣5枚，白紫色至白色，唇瓣具有明顯的紫色條紋，花寬可達15mm；花柄與萼片不被毛。蒴果長橢圓形或長卵形。

●**生態**：分布於中、北部低、中海拔山區，生長在路旁或林緣。

303

印度茄 *Solanum violaceum*

茄科

●**特徵：**多年生小灌木；莖被刺與星狀毛。葉互生，卵形至卵狀長橢圓形，波狀緣至琴狀裂；兩面被星狀毛，脈上具刺。花瓣5枚，被短星狀毛，呈深淺不同的紫色、藍紫色或白色，花徑可達20mm；總狀花序腋生。漿果球形，熟果橙色。

●**生態：**分布於平地至低海拔山區，生長在路旁、荒地或林緣。

毛柱萬桃花

Solanum macaonense

茄科

☐ 2 3 4 5 ☐☐☐☐☐☐☐ │ ☐ 平 低 ☐☐ │ ☐ 灌 ☐☐ ☀

●**特徵：**多年生灌木；莖被星狀毛，另被疏刺。葉互生或近對生，卵形至卵狀長橢圓形，不規則淺裂；背面密被星狀毛。花冠星狀 5 裂，紫色至紫藍色，徑可達18mm；聚繖花序腋生。漿果球形，熟果紅色或橙紅色。

●**生態：**分布於中、南部平地至低海拔山區，生長在路旁、荒地、石灰岩地區或海岸珊瑚礁。

半邊蓮 *Lobelia chinensis* 桔梗科

●**特徵**：多年生草本植物
；莖斜倚或匍匐。葉互生
，狹橢圓狀或線狀披針形
。花冠單側 5 深裂，淡粉
紅色或近白色，寬可達20
mm；花單生葉腋。蒴果
長圓錐狀，下垂。

●**生態**：分布於平地至低
海拔山區，生長在溝渠、
池澤濕地或休耕田地。

新店

新店

普刺特草

Lobelia nummularia

桔梗科

3 4 5 6 7 8　　　低 中 高　　蔓藤

埔里本部溪

●**特徵：**多年生匍匐性草本植物；莖密被毛，節處生根。葉互生，卵心形或圓心形，鋸齒緣。花形略似半邊蓮（見前頁），裂片較寬短，淡紫紅色至近白色，花寬可達 8 mm；花單生葉腋。漿果橢圓形，熟果深紫紅色。

●**生態：**分布於低至高海拔山區，生長在路旁、林緣或林下。

鳥來

鳥來

圓葉山梗菜　*Lobelia zeylanica*　桔梗科

1 2 3 4 5 6 7 8 9 10 11 12　　低 中　　草　

●**特徵：**多年生草本植物
；莖略呈三角形。葉互生
，卵形，不明顯鋸齒緣。
花形略似半邊蓮（見 306
頁），呈淡紫色，花寬可
達 6 mm；花單生葉腋。
蒴果倒卵形，被毛，具鈍
縱稜。

●**生態：**分布於低、中海
拔山區，生長在較潮濕的
林緣、路旁或溝渠、池澤
旁濕地。

新店

新店

新店

茅毛珍珠菜 濱排草　*Lysimachia mauritiana*　　報春花科

●**特徵**：一至二年生草本植物；莖常呈紫褐色。葉互生，倒卵形或匙形，肉質。花冠5深裂，粉紅色或白色，徑可達16mm；總狀花序多呈圓錐狀排列，頂生或腋生。蒴果球形，先端具宿存花柱。

●**生態**：分布於濱海地區，生長在珊瑚礁、岩縫或海灘礫石地。盛花期為4～5月。

紅梅消

Rubus parvifolius var. *parvifolius*

薔薇科

3 4 5 6 7　　　　平 低　　　蔓藤　　○

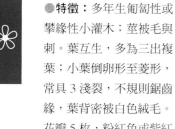

●**特徵：**多年生匍匐性或攀緣性小灌木；莖被毛與刺。葉互生，多為三出複葉；小葉倒卵形至菱形，常具 3 淺裂，不規則鋸齒緣，葉背密被白色絨毛。花瓣 5 枚，粉紅色或紫紅色，很少展開，含萼片徑可達15mm；聚繖花序，頂生或腋生。聚合果球形，小核果成熟時橙色。

●**生態：**分布於平地至低海拔山區，生長在路旁、林緣或荒地草叢。

大屯山

大屯山‧葉片特寫

埔里

310

海馬齒 濱馬齒莧 *Sesuvium portulacastrum*

番杏科

●**特徵：**多年生匍匐性草本植物；莖肉質，多分枝。葉對生，線狀倒披針形至倒披針形，肉質。花被5枚，外側綠色、內側粉紅色，花徑可達15mm；花單生葉腋。蒴果外側具宿存花被。

●**生態：**分布於濱海地區，生長在海岸砂灘。盛花期為春季至初夏。

哈哼花 *Staurogyne concinnula*

爵床科

●**特徵：**多年生草本植物；莖極短，密被毛。葉近根生，倒披針形或倒卵狀披針形。花冠鐘形，5 裂，淡粉紅色至近白色，徑可達11mm；總狀花序，常頂生。蒴果長橢圓形，扁平。

●**生態：**分布於北部低海拔山區，生長在闊葉林下或較陰涼潮濕的林緣、路旁。

烏來

烏來

烏來

野路葵 *Melochia corchorifolia*

梧桐科

4 5 6 7 8 9 10　　平 低　　草　　○

三芝

●**特徵：**一年生草本植物；莖散生星狀毛，基部木質化。葉互生，三角形、寬卵形至披針形，鋸齒緣。花瓣5枚，淡紫色、粉紅色或白色，花徑可達10 mm；花密集似頭狀花序，頂生或腋生。蒴果近球形，被短毛。

●**生態：**分布於平地至低海拔山區，生長在路旁、荒地或田園附近。

三芝

三芝

毛馬齒莧　*Portulaca pilosa* ssp. *pilosa*

馬齒莧科

●**特徵：**一或多年生草本植物；莖多分枝而匍匐，被白色長柔毛。葉肉質，密生，線狀披針形。花瓣5枚，紫紅色，花徑可達8 mm；花2～6朵簇生於莖頂。蒴果橢圓形，蓋裂。

●**生態：**分布於平地至低海拔山區，生長在路旁、荒地或海邊砂灘。

旗津

福隆

福隆

小毛氈苔 *Drosera spathulata*

茅膏菜科

內雙溪

●**特徵：**多年生草本植物；植株略呈紅色，無莖。葉根生，呈放射狀生長，匙形，葉表密被具黏性的腺毛（可用於捕蟲）。花瓣5枚，粉紅色或淡粉紅色，花徑可達5 mm；花柱3枚，各呈長叉狀2深裂。蒴果倒狹卵形。

●**生態：**分布於北部低海拔山區，生長在富鐵質的潮濕山壁或砂質濕地。

【附記】　近似種金錢草（*D. burmannii*）葉表僅葉緣著生腺毛，花柱5枚。

內雙溪

內雙溪

馬鞭草 *Verbena officinalis*

●**特徵：**多年生草本植物；莖方形，全株被短粗毛。葉對生，卵形或長橢圓形，羽狀深裂或深粗鋸齒緣，兩面被毛。花冠筒狀，5裂，淡紫色或淡藍紫色，徑可達4mm；穗狀花序頂生。蒴果略呈橢圓形，包藏於宿萼中。

●**生態：**分布於低、中海拔山區，生長在路旁、荒地、田野或林緣開闊地。

蓮華池

蓮華池

蓮華池

刺蓼

Polygonum senticosum

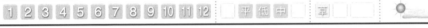

1 2 3 4 5 6 7 8 9 10 11 12　□ 平 低 中　□ 草 □ □　✿

三芝

●**特徵：**一年生草本植物；莖被細毛並具有倒鉤刺。葉互生，三角形，柄及脈上被倒刺。花被5枚，淡紫紅、粉紅或白色，花徑約2.5mm；頭狀花序頂生。瘦果三稜形。

●**生態：**分布於平地至中海拔山區，生長在路旁、荒地、林緣等雜草叢。

福隆

屏東瑪家・白花植株

睫穗蓼 *Polygonum longisetum*

蓼科

1 2 3 4 5 6 7 8 9 10 11 12　平 低 中　草　○

●**特徵：**一年生草本植物；莖光滑。葉互生，披針形至橢圓狀披針形，兩面被疏毛，葉緣具纖毛。花被 5 枚，僅微幅張開，淡紫紅或粉紅色，花徑約 2 mm；穗狀花序，頂生或腋生，花序寬可達 8 mm。瘦果三稜形，黑色具光澤。

●**生態：**分布於平地至中海拔山區，生長在路旁、荒地、林緣、田埂或休、廢耕農田。

大屯山

大屯山

大屯山

318

水鴨腳 台灣秋海棠 *Begonia formosana* 秋海棠科

大屯山

●**特徵：**多年生草本植物；具匍匐的地下根莖，莖光滑。葉互生，具長柄，歪卵形，葉緣不規則淺裂，疏鋸齒緣；部分植株葉表具白點。花單性，雌雄同株，粉紅色；雄花瓣 4 枚，雌花瓣 5 枚（少數為 6 枚），花寬可達50mm；聚繖花序腋生。蒴果具 3 枚不等長的翅，其中一枚特別寬大。

●**生態：**分布於低、中海拔山區，生長在闊葉林下或較陰涼潮濕的林緣、路旁。盛花期為夏季。

大屯山・雄花

大屯山・雌花

319

濱蘿蔔 濱萊菔　　*Raphanus sativus* f. *raphanistroides*　　十字花科

2 3 4 5 6　　　　海　　　　草　　　　○

●**特徵**：一或二年生草本植物；具肥大的直主根。葉互生，基半部琴狀裂，兩面被毛。花瓣4枚，粉紅色或淡紫紅色，具深色脈紋，花徑可達24mm；總狀花序，頂生或腋生。長角果呈圓柱形，先端具長喙。

●**生態**：分布於北部濱海地區，生長在海岸砂灘。

【**附記**】 葉片為台灣紋白蝶與紋白蝶幼蟲食草。

鹽寮

鹽寮

320

平伏莖白花菜 成功白花菜 *Cleome rutidosperma* 白花菜科

1 2 3 4 5 6 7 8 9 10 11 12　　平 低　　草　　🌣

●**特徵：**一年生草本植物；莖具縱稜，被疏毛。葉互生，三出複葉；小葉菱狀橢圓形，兩面被疏毛。花瓣4枚，單側生長，淡紫色或粉紅色，花寬可達15mm；花具長柄，單生葉腋。蒴果線形，具縱脈紋。

●**生態：**分布於中、南部平地至低海拔山區，生長在路旁、荒地或田園。

【附記】 葉片為台灣紋白蝶與紋白蝶幼蟲食草。

綬草　*Spiranthes sinensis*

蘭科

2 3 4 5 　　　　　　　平 低　　草　　○

●**特徵：**多年生草本植物；莖短，根圓柱形。葉 4～5 片簇生，線狀披針形或線狀倒披針形。蘭科植物的花，瓣與萼各 3 枚，但本種上萼片與 2 枚花瓣貼合，整體狀似一枚，故置於 4 瓣中介紹；花小，唇瓣白色，其餘具有醒目的紫紅色斑，花寬可達 4 mm；總狀花序，小花呈螺旋狀著生。蒴果長橢圓形。

●**生態：**分布於平地與低海拔地區，生長在較潮濕的草坪或草生地。

322

山珠豆

Centrosema pubescens

豆科

美濃

●**特徵：**多年生纏繞性或攀緣性草質藤本植物；全株被短毛。葉互生，三出複葉，頂小葉橢圓形。花冠蝶形，粉紅色，旗瓣寬大，寬可達34mm；總狀花序腋生。莢果線形，扁平，被短毛。

●**生態：**分布於中、南部平地至低海拔山區，生長在路旁、荒地、林緣。歸化種，原產於南美洲。

〔附記〕 花與未熟果為小白波紋小灰蝶幼蟲食草。

323

肥豬豆

Canavalia lineata

豆科

●**特徵：**多年生蔓性或攀緣性草本植物。三出複葉，頂小葉圓形或倒卵形。花冠蝶形，淡紫紅至粉紅色，寬可達30mm；總狀花序腋生。莢果厚革質，長度不超過11cm。

●**生態：**分布於濱海地區，生長在海岸砂灘，偶爾也出現在平野的河岸等砂質荒地。

【**附記**】 近似種關刀豆（*C. ensiformis*）莢果長度多超過20cm，屬栽培種，偶有歸化情形。

金山

金山

三峽

濱刀豆

Canavalia rosea

豆科

1 2 3 4 5 6 7 8 9 10 11 12 海□□□□ □□蔓藤

●**特徵**：多年生蔓性草本植物。外觀近似肥豬豆（見前頁），但本種三出複葉的頂小葉呈寬卵形；花紫紅色，寬可達29mm；莢果長度11～13cm，先端的「喙」呈三角形長突起（肥豬豆莢果先端的喙不明顯，呈短突刺狀）。

●**生態**：分布於中、南部與東部濱海地區，生長在海岸砂灘。

【附記】 本屬（刀豆屬，*Canavalia*）各種的花與未熟果均為波紋小灰蝶幼蟲食草，本種同時是小白波紋小灰蝶幼蟲食草。

鵲豆 *Lablab purpureus*

| 1 | 2 | 3 | | | | 8 | 9 | 10 | 11 | 12 | | 平 | 低 | 中 | | | 蔓藤 | ○ |

●**特徵**：一年生攀緣性草本植物。三出複葉，頂小葉寬卵形。花冠蝶形，紫紅、粉紅或偶有白色，寬可達18mm；總狀花序腋生，具長花軸。莢果扁平，略呈鐮形，先端具下彎的長喙。

●**生態**：分布於平地至中海拔山區，攀附生長在路旁、荒地或圍籬。栽培種，各地可見歸化情形。

【**附記**】 花與未熟果為波紋小灰蝶、琉璃波紋小灰蝶幼蟲食草。

鳳山

鳳山

鳳山

葛藤 大葛藤　*Pueraria lobata ssp.thomsonii* 豆科

嘉義農場

●**特徵：**多年生攀緣性藤本植物；莖枝被褐毛。三出複葉，頂小葉橢圓狀卵形，常 3 淺裂，長寬約略相等，兩面被毛。花冠蝶形，整體呈紫色，旗瓣具黃斑，寬可達14mm；總狀花序腋生。莢果扁平，密被褐色粗毛。

●**生態：**分布於平地至低海拔山區，生長在路旁、荒地、林緣。盛花期為秋季，中、南部部分植株 4、5 月會開花。

【附記】 近似種山葛（*P. montana*）頂小葉較狹長。兩種的花與未熟果均為琉璃波紋小灰蝶等多種幼蟲食草。

日月潭

埔里本部溪

西班牙三葉草 *Desmodium uncinatum*

豆科

●**特徵**：多年生草本植物；莖密被直毛與鉤毛，多分枝。三出複葉，小葉卵狀披針形或橢圓形，兩面被毛，葉表中肋附近具銀綠色大斑紋。花冠蝶形，粉紅色或白色，寬可達12 mm；總狀花序，頂生或腋生。莢果 6～10節，被鉤毛，腹脊於種子間收縮呈圓齒緣。

●**生態**：分布於低、中海拔山區，生長在路旁、荒地、林緣。歸化種，原產於熱帶美洲。

南投魚池

南投魚池

328

營多藤 *Desmodium intortum* 豆科

1 2 3 4 □ □ □ □ □ □ 11 12 □ □ 低 中 □ □ 濕 □ ○

日月潭

●**特徵**：多年生小灌木；莖被直毛與短鈎毛（與前種相同，觸摸莖上短鈎毛時會有黏手感）。三出複葉，小葉卵狀菱形，兩面被毛。花冠蝶形，淡紫紅或粉紅色，寬可達11 mm；總狀花序，頂生或腋生。莢果 7～10 節，略捲曲，被鈎毛，腹脊於種子間收縮呈圓齒緣。

●**生態**：分布於低、中海拔山區，生長在路旁、荒地或林緣。歸化種，原產於熱帶美洲。

日月潭

日月潭

台灣灰毛豆 *Tephrosia obovata* 豆科

●**特徵：**多年生草本植物；莖枝密被毛。奇數羽狀複葉；小葉 7 ～ 13 枚，倒披針形或倒卵形，兩面密被絨毛。花冠蝶形，紫紅色，旗瓣背面被毛，寬可達11mm；花單生或呈總狀花序，腋生。莢果線形，密被毛。

●**生態：**分布於南部、東部和澎湖濱海地區，生長在海岸草地。

風吹砂

墾丁龍磐

墾丁龍磐

330

三裂葉扁豆 *Dolichos trilobus var. kosyunensis* 豆科

墾丁龍磐

●**特徵**：多年生纏繞性草本植物；莖近無毛。三出複葉，頂小葉菱狀橢圓形或寬橢圓形。花冠蝶形，紫紅色或白色，寬可達10 mm；總狀花序腋生。莢果長橢圓形，略彎曲。

●**生態**：分布於屏東縣平地至低海拔山區，生長在林緣灌叢或草叢。

風吹砂

風吹砂

331

細花乳豆 *Galactia tenuiflora* var. *tenuiflora*

豆科

●**特徵**：多年生纏繞性草本植物；莖被疏毛。三出複葉，頂小葉倒卵形或橢圓形，先端圓形或微凹，長度多不及28mm；葉表光亮幾無毛，葉背密被銀白色伏毛。花冠蝶形，紫紅色，寬可達9mm；總狀花序腋生。莢果線形，略扁平，被短毛。

●**生態**：分布於平地至低海拔山區，生長在路旁、荒地或林緣。

〔**附記**〕 另一變種毛細花乳豆（var. *villosa*）莖密被毛；頂小葉長橢圓形，長度常超過30mm，葉表被極短毛，無光澤；果較細長。

墾丁龍磐

墾丁龍磐

墾丁龍磐

田代氏乳豆

琉球乳豆　　*Galactia tashiroi*　　　　　　　　　　豆科

北濱南雅

●**特徵**：多年生蔓性或纏繞性草本植物；莖密被毛。外觀近似細花乳豆（見前頁），但本種葉片較小，頂小葉圓形或寬橢圓形，長度均小於15mm；葉表不被毛，但不具光澤，葉緣可見背面外突的伏毛；葉背伏毛不呈光亮的銀白色，略呈灰白色；莢果較粗短。

●**生態**：分布於北、東、南部濱海地區與離島，生長在海岸草叢或灌叢。

北濱南雅

北濱南雅

兔尾草　*Uraria crinita*

美濃

美濃

美濃

●**特徵**：多年生半灌木；莖被毛。奇數羽狀複葉，小葉 3～7 枚，頂小葉橢圓狀卵形。花冠蝶形，粉紅色，旗瓣內側紫色，寬可達 9 mm；總狀花序頂生。莢果 2～6 節，呈彎曲折疊狀，外被宿萼。

●**生態**：分布於平地至低海拔山區，中、南部較常見。生長在路旁、荒地或田野草叢。

毛胡枝子 *Lespedeza formosa*

豆科

鳳山

●**特徵：**多年生半灌木或灌木；莖被短伏毛。三出複葉，頂小葉長橢圓形，先端具尖毛刺狀突起，葉背被伏毛。花冠蝶形，紫紅色，寬可達 8 mm；總狀花序腋生。莢果扁平，卵形，先端尖突狀。

●**生態：**分布於平地至中海拔山區，生長在路旁、荒地或林緣。

鳳山

鳳山

波葉山螞蝗 *Desmodium sequax*

豆科

8 9 10 11 低 中 灌

●**特徵：**多年生灌木；莖密被黃褐色鉤毛。三出複葉，頂小葉明顯較大，菱形，端半部波狀緣。花冠蝶形，淡紫紅或粉紅色，寬可達 7.5 mm；總狀花序，頂生或腋生。莢果 8～12節，被短鉤毛，兩面於種子間收縮。

●**生態：**分布於低、中海拔山區，生長在路旁、荒地、林緣。

埔里

埔里

埔里

變葉山螞蝗 *Desmodium heterophyllum* 豆科

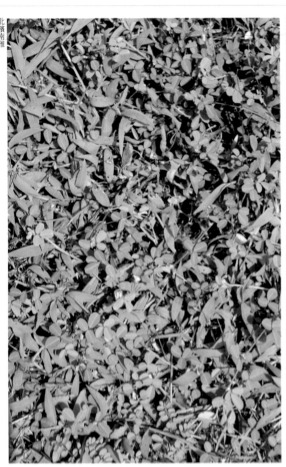

北濱南雅

●**特徵：**一年生蔓性草本植物；莖被長疏毛。三出複葉，頂小葉橢圓形至卵狀長橢圓形，葉背被柔毛。花冠蝶形，粉紅或淡紫紅色，寬可達 7 mm；花單生或呈疏總狀花序，腋生。莢果 4～6 節，扁平，背脊略平直，腹脊於種子間收縮呈圓齒緣。

●**生態：**分布於平地至低海拔山區，生長在路旁、荒地、草坪。

北濱南雅

北濱南雅

直立假地豆

Desmodium heterocarpum var. *strigosum*

豆科

 9 10 11 平 低 雅

三峽

三峽

烏來・假地豆

三峽

●**特徵**：直立半灌木；幼枝密被柔毛。三出複葉，頂小葉長橢圓形至寬倒卵形，葉背被白色長柔毛。花冠蝶形，紫色，寬可達6 mm，花成對密生於花軸上；圓錐花序腋生，花軸被密直毛與疏鉤毛。莢果扁線形，腹脊於種子間收縮，被鉤毛。

●**生態**：分布於平地至低海拔山區，生長在荒地、路旁、河岸等開闊地。

【附記】 原變種假地豆（var. *heterocarpum*）莖較細，平臥或斜上生長；葉表偶具淡色斑；花軸僅具鉤毛與疏直毛，不具密直毛，花較疏。

338

疏花山螞蝗　*Desmodium laxiflorum*　　豆科

屏東瑪家

●**特徵：** 多年生半灌木；莖匍匐生長，被毛。三出複葉，頂小葉卵形至寬橢圓形，葉表被疏毛，葉背被毛。花冠蝶形，淡紫紅或粉紅色，寬可達 6 mm；總狀花序，每節 1～3 朵，腋生或頂生。莢果 5～8 節，扁平，被短鉤毛，兩面於種子間收縮。

●**生態：** 分布於低、中海拔山區，生長在次生林或灌叢中，或是較陰涼的林緣與山路邊坡。

屏東瑪家

屏東瑪家

烏來

烏來

烏來．細梗山螞蝗

烏來

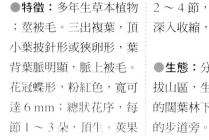

●**特徵**：多年生草本植物；莖被毛。三出複葉，頂小葉披針形或狹卵形，葉背葉脈明顯，脈上被毛。花冠蝶形，粉紅色，寬可達6mm；總狀花序，每節1～3朵，頂生。莢果2～4節，腹脊於種子間深入收縮，呈波浪狀緣。

●**生態**：分布於低、中海拔山區，生長在溪谷附近的闊葉林下，或陰涼潮濕的步道旁。

【**附記**】　近似的另一亞種細梗山螞蝗（ssp. *leptopum*），葉較寬短，背面葉脈不明顯，無毛，莢果各節較細長，呈長鈍三角形。本種葉片為琉球黑星小灰蝶幼蟲食草。

大豆 黃豆、毛豆 *Glycine max* 豆科

鳥松

●**特徵：**一年生草本植物；莖堅硬、細長，常蔓生，密被褐色粗毛。三出複葉，頂小葉卵形至狹卵形，兩面被毛，先端具短尖突。花冠蝶形，淡紫色或白色，寬可達 6 mm；總狀花序腋生，花軸長度明顯短於葉柄，花數少。莢果線形，略扁平，密被褐色粗毛，兩面於種子間微幅收縮，長 3～5 cm。

●**生態：**本種是栽培種作物，中、南部平野低地常見歸化情形，生長在路旁、荒地。

鳥松

鳥松・未熟果

341

闊葉大豆 *Glycine tomentella*

8　9　10　11　　平　　　　蔓藤　　○

●**特徵：**多年生匍匐性或攀緣性草本植物；莖被平展或順向斜展的密毛。三出複葉，頂小葉狹橢圓形，兩面被毛。花冠蝶形，紫色，寬可達 6 mm；總狀花序腋生，花軸長度明顯長於葉柄。莢果線形，密被毛，兩面於種子間略收縮。

●**生態：**分布於西南部平野地區，生長在路旁荒地或開闊草地。

【附記】　近似的台灣特有亞種台灣大豆（ *G. max* ssp. *formosana* ），花軸長度短於葉柄。

車城

車城

車城

蠅翼草　*Desmodium triflorum*　　　　豆科

1 2 3 4 5 6 7 8 9 10 11 12　　平 低　　　　蔓藤

車城

●**特徵：**一年生草本植物；莖匍匐，被細柔毛。三出複葉，頂小葉倒寬卵形或倒卵形，先端凹入或平截，背面被柔毛。花冠蝶形，紫紅色，寬可達 4.5 mm；花 1～3 朵腋生。莢果 2～5 節，彎曲，腹脊於種子間略微凹入。

●**生態：**分布於平地至低海拔山區，生長在路旁、荒地和各類開闊草坪上。

【附記】 葉片為微小灰蝶幼蟲食草。

車城

屏東市

343

雞眼草　*Kummerowia striata*

| | | | | | 7 | 8 | 9 | 10 | | | | 平 | 低 | | | 草 | | | ○ |

●**特徵：**一年生草本植物
；莖被逆毛。三出複葉，
頂小葉倒披針形或長橢圓
形，先端尖形至圓形，不
具明顯緣毛。花冠蝶形，
淡紫紅或粉紅色，寬可達
4 mm；花 1～3 朵腋生
。莢果扁平，寬橢圓形，
被毛，包覆於宿萼間。

●**生態：**分布於北部平地
至低海拔山區，生長在路
旁、荒地或向陽的山坡草
叢。

陽明山

新店

新店

鳳山

●**特徵：**多年生灌木；莖密被細短柔毛。奇數羽狀複葉，小葉7～13枚，對生，倒卵形或倒卵狀長橢圓形，背面被短毛。花冠蝶形，淡紫紅或粉紅色，被短柔毛，寬可達3.5mm；總狀花序腋生。莢果線形，被短柔毛。

●**生態：**分布於南部平地與低海拔地區，生長在開闊荒地或河岸。

鳳山

鳳山

345

蝦尾山螞蝗　*Desmodium scorpiurus*　

●**特徵：**多年生匍匐性或攀緣性草本植物；莖被鉤毛。三出複葉，頂小葉橢圓形，兩面被疏毛。花冠蝶形，微小，淡紫紅或粉紅色，寬約 2 mm；花單朵或成對著生於細花梗，呈總狀花序，頂生或腋生。莢果 3 ～ 8 節，細長，被鉤毛，兩面於種子間收縮，每節長約為寬之 3 ～ 4 倍。

●**生態：**分布於中、南部平地與低海拔地區，生長在路旁、荒地或草坪。

鳳山

鳳山

鳳山

細竹篙草 *Murdannia simplex*

1 2 3 4 5 6 7 8 9 10 11 12　平 低　草　○

陽明山

●**特徵：** 一或多年生草本植物；莖基部常伏臥。葉互生，披針形或線狀披針形，莖基部葉線形；葉緣近葉鞘部分具長緣毛。花瓣3枚，淡紫藍色、淡紫色或粉紅色，花徑可達15mm；圓錐花序頂生。蒴果倒卵形，先端具宿存花柱。

●**生態：** 分布於平地至低海拔山區，生長在路旁、草坪、庭園或開闊荒地。

陽明山

福隆

347

水竹葉　*Murdannia keisak*

4 5 6 7 8 9 10 11 12　　平 低　　草　　　○

●**特徵：**一或多年生草本植物；植株外觀近似細竹篙草（見前頁），主要差異是本種葉緣近葉鞘處不具長緣毛。花色紫紅至粉紅色，花徑可達12mm；6枚雄蕊的花藥3藍3紫（前種3藍3白）。蒴果橢圓形。

●**生態：**分布於平地至低海拔山區，為典型水生植物，生長在水田、溝渠或池澤濕地。

內雙溪

內雙溪

內雙溪

長花九頭獅子草 山藍 *Peristrophe roxburghiana* 爵床科

●**特徵**：多年生草本植物；莖近4稜。葉對生，外形、大小多變化，有披針形、橢圓形或卵形，葉背脈上被毛。花冠基部筒狀，先端呈二唇狀深裂，淡紫紅色，上唇具白斑，花寬可達23mm；聚繖花序，或多個花序呈繖形排列。蒴果扁棍棒狀，被不明顯的極短毛。

●**生態**：分布於中、南部低、中海拔山區或墾丁海岸林中，生長在林下或陰涼的林緣、步道兩側。

九頭獅子草 *Peristrophe japonica*

爵床科

●**特徵：**多年生草本植物。外觀近似長花九頭獅子草（見前頁），主要差異是本種葉表被疏毛；花較小，下唇瓣近白色，基部具紫紅色斑，花寬可達10mm；果密被明顯的毛。

●**生態：**分布於北部低、中海拔山區，生長在闊葉林下、林緣、山路兩旁等較陰涼地區。

陽明山

烏來

烏來

槍刀菜 *Hypoetes cumingiana*

爵床科

屏東萬安

●**特徵：**多年生草本植物；莖被短毛。葉對生，卵狀長橢圓形或線狀披針形。花冠基部筒狀，冠筒扭轉狀，先端二唇狀深裂，粉紅至紫紅色，上唇具白色與紫色小斑紋，花寬可達 8 mm；聚繖花序呈圓錐狀排列，頂生或腋生。蒴果扁棍棒狀，被短毛。

●**生態：**分布於南部、東部低海拔山區，生長在林緣、路旁與荒地。

屏東萬安

屏東萬安

351

六角英 *Hypoetes purpurea*

8 9 10 11 12　　低　　草　　○

●**特徵：**多年生草本植物，外觀狀似灌木；莖近 4 稜，光滑。葉對生，卵形或卵狀披針形。花冠筒扭轉狀，先端二唇狀深裂，紫紅色，無斑紋，花寬可達 7 mm；穗狀花序，頂生或腋生。蒴果外形略似槍刀菜（見前頁），但無毛，外具長宿萼。

●**生態：**分布於中、南部低海拔山區，生長在林緣、林下或較陰涼的道路兩側。

南投南山溪

南投南山溪

南投南山溪

華九頭獅子草 狗肝菜 *Dicliptera chinensis* 爵床科

內雙溪

●**特徵：**多年生草本植物；莖略具稜。葉對生，卵形或卵狀披針形，兩面近光滑。花冠基部筒狀，先端二唇狀深裂，淡紫紅色或粉紅色，2枚唇瓣基部具紫色小斑點，花寬可達5mm；短聚繖狀花序，腋生或頂生。蒴果略呈扁圓形，密被毛，包夾於2枚宿萼間。

●**生態：**分布於平地至低海拔山區，生長在較陰涼的路旁、荒地、林緣。

水柮

內雙溪

槭葉牽牛　番仔藤　*Ipomoea cairica*　　旋花科

●**特徵：**多年生的纏繞性草質藤本植物；莖光滑，主根粗大。葉掌狀全裂；裂片 5 ～ 7 枚，披針形、卵形或橢圓形。花冠漏斗形，淡紫紅色，冠筒內紫紅色，花徑可達85mm；花 1 ～ 3 朵呈聚繖狀排列，腋生。蒴果近球形。

●**生態：**分布於平地至低海拔山區，攀爬生長在林緣、路旁、荒地或圍籬。

日月潭

三峽

水里

銳葉牽牛 *Ipomoea indica*

旋花科

屏東萬安

●**特徵：**多年生纏繞性草質藤本植物；莖被長毛。葉寬心形或圓心形。花冠漏斗形，顏色變化大，有紫色、紫紅、紫藍、粉紅，冠筒內均為米白色，一般於下午凋謝前顏色均會轉偏紅色系，花徑可達80 mm；聚繖花序腋生。蒴果球形。

●**生態：**分布於平地至低海拔山區，攀爬生長在林緣、路旁，偶爾蔓生於荒地地面。

屏東萬安

埔里

馬鞍藤

Ipomoea pes-caprae ssp. *brasiliensis*

旋花科

1 2 3 4 5 6 7 8 9 10 11 12　海　　　　　　　蔓藤　　○

●**特徵**：多年生匍匐性木質藤本植物；莖光滑，節處生根。葉革質，馬鞍形。花冠漏斗形，粉紅色，冠筒內紫紅色，花徑可達65mm；聚繖花序腋生。蒴果近球形。

●**生態**：分布於濱海地區，主要蔓生在海岸砂灘或珊瑚礁岩岸，偶爾出現在平野荒地。北部植株冬季不開花。

北濱澳底

鳳山

鳳山

海牽牛 *Ipomoea littoralis*

1 2 3 4 5 6 7 8 9 10　　海　　　　蔓藤　　　○

●**特徵：**多年生纏繞性或匍匐性草質藤本植物；全株光滑無毛。葉卵狀或寬卵狀心形。花冠漏斗形，粉紅色，冠筒內紫色，花徑可達40mm；花 1～3 朵腋生。蒴果略呈 4 圓弧狀扁球形。

●**生態：**分布於南部、東部濱海地區，生長在海岸砂灘或林緣草叢。

墾丁風吹砂

墾丁風吹砂

娥房藤 *Jacquemontia paniculata*

●**特徵：**一年生纏繞性草質藤本植物；莖被毛。葉卵形或卵狀長橢圓形，葉基心形，兩面被毛。花冠漏斗形，先端略呈五角形，粉紅色至近白色，徑可達30mm；聚繖花序腋生。蒴果球形，宿萼被毛。

●**生態：**分布於平地至低海拔山區，北部少見；攀爬生長在林緣、荒地或路旁。

龍崎

龍崎

龍崎

358

紅花野牽牛 *Ipomoea triloba* 旋花科

龍崎

●**特徵**：一年生纏繞性草質藤本植物。葉寬心形或圓心形，全緣、粗鋸齒緣或3深裂。花冠漏斗形，粉紅色，冠筒內紫紅色，花徑可達15mm；聚繖花序腋生。蒴果球形，被長毛。

●**生態**：主要分布於中、南部，攀爬生長在林緣、路旁、荒地。北部偶有零星族群，花較大，徑可達20mm。

美濃

美濃

台灣馬藍 *Strobilanthes formosanus*

| | | | 7 | 8 | 9 | 10 | 11 | | | | 低 | | | | 灌 | | | |

●**特徵：**多年生半灌木；莖具4稜，密被毛。葉對生，狹長橢圓形或披針形，鋸齒緣，兩面密被毛。花冠筒狀，淡紫色，先端5裂，裂片先端凹入，冠筒外側被短毛，花徑可達27mm；聚繖花序，頂生或腋生。蒴果倒披針狀橢圓形。

●**生態：**分布於北部低海拔山區，生長在林緣、林下或較陰涼的路旁。

〔**附記**〕 葉片為枯葉蝶、黑擬蛺蝶、眼紋擬蛺蝶等幼蟲食草。

大屯山

大屯山

大屯山

馬藍 *Strobilanthes cusia*

新店

●**特徵：**多年生半灌木；幼枝被褐色短毛。葉對生，倒卵形、橢圓形或卵形，鋸齒緣，幼葉背面脈上被褐色短毛。花近似台灣馬藍（見前頁），但冠筒外側不被毛；花成對著生，呈穗狀花序排列，腋生或頂生。蒴果近似台灣馬藍。

●**生態：**分布於北、中部低海拔山區，生長在林緣、林下或較陰涼的路旁。

【附記】　本種俗名大青，莖、葉是早年製作藍染的原料，因與馬鞭草科的大青（見 182 頁）同名，為免混淆而不予記載別名。

新店

新店

蘭嵌馬藍 *Strobilanthes rankanensis*

爵床科

3 4 5 6 7　　　　　低 中　　草　　　

●**特徵：**多年生草本植物
；莖常倒臥平伏，被長毛
。葉對生，寬卵形或寬橢
圓形，兩面疏被長毛，疏
鋸齒緣。花略似台灣馬藍
（見 360 頁），但具明顯
格狀花紋，裂片先端不凹
入，花徑可達18mm，萼
片及附近小葉片與花柄被
長腺毛；花單一頂生。蒴
果狹長橢圓形。

●**生態：**分布於中部中海
拔山區至北部低海拔山區
，及東部海岸山脈，生長
在林緣、林下或較陰涼的
路旁。

大屯山

大屯山

大屯山

362

野菰 *Aeginetia indica*

列當科

6 7 8 9 10 11　　　低　　草　　○

新店

●**特徵**：一年生寄生性草本植物；莖極短，常埋於地下，具數枚三角形鱗片狀葉片。花冠筒狀，淡紫紅或粉紅色，先端5淺裂，花徑可達20mm；花單生，具長花柄。蒴果卵球形；種子微小，數量多。

●**生態**：主要分布於低海拔山區，生長在路旁、荒地、林緣，多寄生於芒草的根上。

新店

內雙溪

佛氏通泉草

烏子草、台灣通泉草　　*Mazus fauriei*　　玄參科

大屯山

●**特徵：**多年生草本植物；具短匍匐莖。根生葉長橢圓狀匙形至長橢圓狀卵形，葉緣淺裂至深裂，兩面被毛，莖生葉較小。花冠基部筒狀，先端呈二唇狀裂，淡紫色；下唇大，3 裂，上唇 2 裂，花寬可達20mm；總狀花序頂生。蒴果略呈球形，宿萼 5 淺裂，密布短腺毛。

●**生態：**分布於北部低海拔山區，生長在路旁、荒地或林緣。花期長，但夏、秋較少見。

石碇

大屯山

364

通泉草　六角定經草　*Mazus pumilus*　　　　玄參科

內雙溪

●**特徵：**一或二年生草本植物。外觀近似佛氏通泉草（見前頁），主要差異是本種不具匍匐莖，葉緣不深裂；花色較淡，多為粉紅、淡粉紅至近白色；上唇較短，裂縫較深；花較小，寬可達15mm；蒴果略扁，宿萼裂片明顯較深，萼片上短腺毛明顯較少。

●**生態：**分布於平地至低海拔山區，生長在路旁、荒地、林緣或濕生的草地或草坪。盛花期為春季。

內雙溪

內雙溪

5 6 7 8 9 10　海　蔓藤

●**特徵：**多年生匍匐性灌木；幼枝被毛。葉對生，倒卵形或橢圓形，兩面被毛，葉背呈灰白色。花冠基部筒狀，先端略呈唇狀5裂，淡紫色，偶有白色，寬可達13mm；總狀花序頂生。核果球形。

●**生態：**分布於濱海地區，生長在海岸砂地。

風吹砂

富貴角

富貴角

泥花草　*Lindernia antipoda*

玄參科

●**特徵**：一年生草本植物；莖斜上生長或匍匐。葉對生，無柄，倒披針形或倒卵狀長橢圓形，鋸齒緣，無毛。花冠基部筒狀，先端呈唇狀裂，粉紅色，偶有白色，寬可達 9 mm；花單一腋生。蒴果線形，細長。

●**生態**：分布於平地至低海拔山區，生長在池澤、水田、溝渠附近的潮濕地面。

【附記】　葉片為孔雀蛺蝶幼蟲食草。

心葉母草 定經草 *Lindernia anagallis* 玄參科

| 1 | 2 | 3 | 4 | 5 | 6 | 7 | 8 | 9 | 10 | 11 | 12 | 平 低 | 草 | ◉ |

●**特徵**：一年生草本植物；莖方形。葉對生，無柄，三角狀卵形至披針形，鈍鋸齒緣，無毛。花冠基部筒狀，先端呈二唇狀裂，粉紅色或淡紫紅色，下唇具黃斑，寬可達 8 mm；花單一腋生。蒴果細長紡錘形。

●**生態**：分布於平地至低海拔山區，生長在路旁、田埂、溝渠、池澤濕地或較潮濕的草地。

新店

新店

新店

藍豬耳

Lindernia crustacea

| 1 | 2 | 3 | 4 | 5 | 6 | 7 | 8 | 9 | 10 | 11 | 12 | | 平 | 低 | | | 草 | | | |

美濃

●**特徵：**一年生草本植物；莖方形，多為棕紅色。葉對生，具柄，長橢圓狀卵形至卵形，鋸齒緣。花冠基部筒狀，先端呈二唇狀裂，紫紅色，下唇各裂片中央具白斑，花寬可達6.5mm；花萼淺裂，裂片長度遠短於萼筒長；花單一腋生。蒴果橢圓形，長度與宿萼相當。

●**生態：**分布於平地至低海拔山區，生長在路旁、荒地、田園或草坪。

美濃

美濃

半枝蓮 向天盞 *Scutellaria barbata* 唇形科

平溪

平溪

平溪

●**特徵：**多年生草本植物；莖方形。葉對生，無毛，葉無柄或基部葉具短柄，狹卵形至卵形，粗鋸齒緣（上部葉近全緣）。花冠基部筒狀，先端呈二唇狀裂，淡紫色或淡紫紅色，寬可達 8 mm；穗狀花序頂生。小堅果略呈圓筒狀，上緣具厚唇狀突起。

●**生態：**分布於平地至低海拔山區，生長在路旁、林緣、荒地或田埂。

烏來

內雙溪

內雙溪

●**特徵**：多年生草本植物；莖呈紫褐色，密被毛。葉對生，寬卵形，鈍鋸齒緣，兩面密被毛；葉柄長1～2cm。花形近似半枝蓮（見前頁），淡藍紫色至粉紅色，下唇具許多紫色斑點，寬可達7mm；穗狀花序頂生。小堅果近似半枝蓮，被明顯長毛，上緣突起特別發達。

●**生態**：分布於北部低、中海拔山區，生長在路旁、林緣或山野荒地。

屏東瑪家

屏東瑪家

屏東瑪家

●**特徵：**多年生草本植物；莖被毛。外觀略似耳挖草（見前頁），本種特徵是莖的節距較長，葉片較小，卵形，葉柄短於8mm，表面光滑無毛，背面全面被毛並具腺點。花紫藍色（閃光燈拍攝下多呈淡紫色），下唇不具紫斑；小堅果被短毛，上緣突起較短。

●**生態：**分布於低海拔山區，生長在闊葉林下、林緣或較陰涼的山路邊坡。特有種植物。

夏枯草

Prunella vulgaris var. *asiatica*

唇形科

陽明山

●**特徵：**多年生草本植物；莖方形，被短毛。葉對生，卵形或卵狀披針形，近全緣，兩面被短毛。花冠唇形，紫色，寬可達 7 mm；圓柱形排列的穗狀花序頂生。小堅果包藏於宿萼中。

●**生態：**分布於北部平野至中海拔山區，生長在路旁、林緣、草坪或海邊。

陽明山

龍洞

散血草 台灣筋骨草 *Ajuga taiwanensis* 唇形科

●**特徵：**多年生草本植物；莖極短，被毛。葉倒卵形至倒披針形，細波齒緣，兩面被毛。花冠唇形，下唇大型、3裂，白紫色，寬可達7mm；圓柱形排列的穗狀花序腋生。小堅果球形，先端具宿存花柱。

●**生態：**分布於低、中海拔山區，生長在路旁或林緣。

烏來

烏來

烏來

374

紫花鼠尾草 *Salvia japonica*

唇形科

 7 8 9 10 11   低 中   草

●**特徵：**多年生草本植物；莖被細毛。一至二回羽狀複葉，頂羽片卵形至寬卵形，鋸齒緣，兩面脈上與柄被柔毛。花冠唇形，紫色，外被長柔毛，寬可達6 mm；輪繖花序頂生。小堅果藏於宿萼中。

●**生態：**分布於北部低、中海拔山區，生長在路旁、林緣等草叢。

【附記】 花為台灣棋石小灰蝶幼蟲食草。

375

爵床　*Justicia procumbens*

1 2 3 4 5 6 7 8 9 10 11 12 ｜ 平 低 中 ｜ 草 ｜ ○

●**特徵：**一年生草本植物
；莖方形，全株被毛。葉
片外形、大小隨生長環境
而有明顯差異；葉對生，
長橢圓形至圓形，葉表具
微小尖突。花冠唇形，下
唇寬大，淡紫紅或粉紅色
，具斑紋，寬可達 5 mm
；密集的穗狀花序頂生。
蒴果長橢圓形，包藏於宿
萼中。

●**生態：**分布於平地至中
海拔山區，生長在路旁、
荒地、林緣或海邊。

〔**附記**〕 本種在台灣及澎
湖地區共有 4 變種，葉片
為孔雀青蛺蝶幼蟲食草。

陽明山

陽明山

陽明山

黃荆　*Vitex negundo*　馬鞭草科

龍崎

龍崎

●**特徵：**多年生灌木；細枝方形，密被絨毛。葉對生，掌狀複葉；小葉 3 ～ 7 枚，多為 5 枚，長卵形、披針形或狹披針形，全緣或先端鋸齒緣，葉背密被伏毛。花冠基部筒狀，先端呈唇形（上唇 2 裂，下唇 3 裂），淡紫色或淡紫藍色，寬可達 5 mm；圓錐花序頂生。核果近球形，外覆宿萼。

●**生態：**分布於平地至低海拔山區，南部相當普遍，生長在路旁、荒地、田野。

狗尾草

Heliotropium indicum

紫草科

●**特徵：**一年生草本植物；全株密被粗伏毛。葉互生但近對生，卵形，表面粗皺，兩面被毛，葉柄具窄翼。花冠漏斗形，5 淺裂，淡紫色至近白色，徑可達 4 mm；雙叉蠍尾狀花序頂生。核果呈堅果狀，縱向 2 裂。

●**生態：**分布於平地至低海拔山區，生長在開闊的路旁、荒地。

鳥松

鳥松

鳥松

風輪菜　*Clinopodium chinense*　　　　　　　　唇形科

４５６７８　　　平低中　草　　○

陽明山

●**特徵：**多年生草本植物；莖密被長柔毛。葉對生，卵形，鋸齒緣，兩面被長柔毛。花冠基部筒狀，先端呈二唇形，下唇 3 裂，淡紫紅或粉紅色，寬可達 4 mm；輪繖花序頂生，每一輪花序略呈半球形。小堅果近球形，具稜，包藏於宿萼筒中。

●**生態：**分布於平地至中海拔山區，生長在路旁、荒地、林緣或海邊草叢。

陽明山

陽明山

塔花 光風輪 *Clinopodium gracile* 唇形科

●**特徵：**多年生草本植物。外觀近似風輪菜（見前頁），主要差異是本種莖不具明顯長柔毛，葉近光滑，僅偶被疏毛或脈上被毛；花明顯具柄，因而每輪花序外觀較鬆散；花較小，寬約 2 mm，淡紫紅色至近白色。

●**生態：**分布於平地至中海拔山區，生長在路旁、荒地、草坪或林緣。

陽明山

陽明山

陽明山

仙草　*Mesona chinensis*　唇形科

平溪

●**特徵：**一年生草本植物；莖方形，紫褐色，被短毛。葉對生，橢圓形至卵形，鋸齒緣，葉背被疏毛。花冠二唇形，淡紫色或白紫色，寬約2.5mm；輪繖花序頂生。小堅果倒卵形，包藏於宿萼中。

●**生態：**分布於低、中海拔山區，生長在路旁、山坡草叢或田埂。

【**附記**】 莖、葉為熬製仙草的原料。

內雙溪

平溪

381

血見愁 蔓苦草　　*Teucrium viscidum*　　唇形科

●**特徵：**多年生草本植物；莖方形，被細毛。葉對生，卵形，鋸齒緣或雙重鋸齒緣，葉表粗皺、被細毛，葉背脈上被毛。花冠略呈單一下唇形，粉紅色或淡粉紅色，寬約2.5mm，花軸與萼片密被腺毛；複穗狀花序呈圓錐狀排列，頂生。小堅果略呈扁球形，包藏於宿萼中。

●**生態：**分布於低、中海拔山區，生長在路旁、林緣或較明亮的林下。

陽明山

陽明山

坪林

灰葉蕕　*Caryopteris incana*

北濱北關

●**特徵：**多年生小灌木；植株密被毛。葉對生，卵形或卵狀長橢圓形，兩面被毛，鋸齒緣。花冠略呈二唇形，下唇大，先端具長絲狀裂片，寬約 2 mm，淡藍紫色或淡紫藍色（閃光燈拍攝下多呈淡紫色）；聚繖花序呈繖房狀排列，腋生。蒴果球形，呈 4 分核狀。

●**生態：**分布於平地至中海拔山區，東部較常見，多生長在排水佳的礫石地、開闊荒地或河床。

北濱北關

北濱北關

落葵 *Basella alba*

落葵科

●**特徵**：多年生蔓性肉質藤本植物；幼莖被毛，成熟後光滑。葉互生，卵形或圓卵形，先端尖銳，全緣。花冠 5 裂（但多不明顯外展），微小，呈肉質卵球形，先端紫紅色；穗狀花序腋生。漿果扁球形，徑約 5 mm；熟果近黑色。

●**生態**：分布於平地至低海拔山區，攀爬生長在林緣、灌叢、田園或圍籬。北部花期為夏、秋季，南部花期較長。歸化種，原產地可能為熱帶非洲。

【**附記**】 葉片可煮食，即一般俗稱的皇宮菜。

內雙溪

內雙溪

384

狀似花瓣之葉片　P.386

小花密集成花序　P.387~389

P.386~389

花被6枚　P.390

花瓣（花被）5枚　P.391,395,396

P.390

P.391~396

花冠5裂　P.392~394

花被4枚　P.397,398

P.397~398

花冠蝶形　P.399~405

P.399~405

無瓣花　P.406

花冠筒狀　P.407

花冠高杯狀　P.408

猩猩草　*Euphorbia cyathophora*　　　　大戟科

●**特徵**：一年生草本植物，植株高可達 1m 左右；莖具白色乳汁。葉互生，卵形至卵狀披針形，全緣至琴狀淺裂；枝條頂端的葉片密集，略成輪狀排列，且呈紅色或基半部紅色，狀似植株的大花瓣。實際的花黃色頂生，大戟花序呈聚繖狀排列；無被花，僅具花蕊。蒴果球形，具 3 個圓弧狀縱突。

●**生態**：分布於平地至低海拔山區，生長在路旁、荒地、田園附近和海邊。歸化種，原產於北美洲。

美濃

美濃

美濃

天人菊 *Gaillardia pulchella*

菊科

富貴角

●**特徵：**一年生草本植物；全株被毛。葉長橢圓形或匙形，兩面被粗毛與腺體。頭花外圍舌狀花紅色，端部黃色；頭花呈單一頂生，徑可達66mm。瘦果倒金字塔形，冠毛鱗片狀並具長芒。

●**生態：**分布於北部海岸和澎湖、綠島，生長在海邊砂灘地；雲林縣近海城鎮有小族群散生。歸化種，原產於北美洲。

富貴角

富貴角

387

2 3 4 5 6 7 8 9 10 11　平 低　草　○

●**特徵：**一年生草本植物。葉披針形、長橢圓形或倒披針形，鋸齒緣，不具裂片。頭花紅色或橙紅色，不具舌狀花，徑可達12 mm；呈繖房狀排列，頂生。瘦果5稜，褐色，具白色柔細長冠毛。

●**生態：**分布於中、南部平地至低海拔山區，生長在路旁、荒地。歸化種，原產於北美洲。

【**附記**】 本種近似全島極普遍的紫背草（見288頁），花色和葉緣差異是辨識的重點。

鳳山

鳳山

鳳山

昭和草 *Crassocephalum crepidioides*

菊科

1 2 3 4 5 6 7 8 9 10 11 12　　□ 平 低 中 □　　草 □ □

新店

●**特徵：**一年生草本植物。葉互生，長橢圓形或長卵形，不規則鋸齒緣，基半部多呈羽狀深裂。頭花紅色，無舌狀花，徑可達10mm；呈繖房狀排列，頂生，常下垂。瘦果具白色細長冠毛。

●**生態：**分布於平地至中海拔山區，生長在路旁、荒地、田園等開闊地。歸化種，原產於非洲。

【附記】 嫩莖、葉可煮食，即一般俗稱的山茼蒿。

新店

新店

射干 *Belamcanda chinensis*

鳶尾科

●**特徵：**多年生草本植物。單葉，基部左右交錯抱莖向上，呈同一平面狀叢生。花被6枚，橙黃色或橙紅色，散生大小不一的紅色斑紋，徑可達55mm；總狀花序頂生。蒴果倒卵形；種子黑色。

●**生態：**分布於各地平野，原產於中國，常被栽植為庭園花草，歸化生長在荒地或田園附近，尤其是海邊地區常見自然歸化的族群。

北濱南雅

北濱南雅

北濱南雅

非洲鳳仙花 *Impatiens walleriana*

1 2 3 4 5 6 7 8 9 10 11 12　□ 平 低 □ □　草 □ □

新店

●**特徵**：多年生草本植物；莖光滑多汁。葉互生，上部偶對生，鋸齒緣。花色變化多，紅色、紫色、紫紅、桃紅、粉紅、白色等，偶有雜交的雙色花；瓣 5 枚，花寬可達46mm，具長花距，呈總狀花序。蒴果橢圓形，先端較尖狹；成熟迸裂，種子彈射散布。

●**生態**：原產地非洲，廣泛栽植於庭園、花圃。經人工播種，近年在較潮濕的山路邊坡普遍歸化成功，自然歸化族群以紅色花居多。

新店

新店

●**特徵**：多年生小灌木；莖具 4 稜。葉對生，寬卵形或近心形，近全緣或略呈三、五角形淺裂。花冠筒狀，5 裂，紅色或橙紅色，偶有白色，具細長醒目的花絲（雄蕊），徑可達21mm；圓錐花序頂生。核果略呈球形；熟果藍黑色，紅色萼片宿存。

●**生態**：分布於平地至低海拔山區，中、南部較常見，生長在林緣、林下或山路邊坡。

斗六

斗六

屏東萬安

馬利筋 尖尾鳳　*Asclepias curassavica*　　　　蘿藦科

●**特徵：**多年生草本植物；全株具白色乳汁。葉對生，披針形或長橢圓狀披針形。花冠輪形，5 裂，紅色，徑可達12mm，中央具突起的橙黃色副花冠；聚繖花序，頂生或腋生。蓇葖果卵狀長橢圓形，直立向上；種子褐色，具長綿毛。

●**生態：**分布於平地至低海拔山區，生長在荒地、田野、路旁。歸化種，原產於中、南美洲。

〔附記〕　葉片為樺斑蝶幼蟲食草。

393

酸藤 *Ecdysanthera rosea*

●**特徵：**多年生攀緣性木質藤本植物；莖多分枝，小枝細長，幼莖呈紫褐色。葉對生，橢圓形或倒卵狀橢圓形，全緣，背面葉脈與柄略帶紫褐色。花冠寬鐘形，5 裂，呈稍淡的紅色，徑可達 8 mm；聚繖花序呈圓錐狀排列，頂生。蓇葖果細長條狀，種子被長毛，結果率不高。

●**生態：**分布於低海拔山區，攀爬生長在林區灌叢或樹叢上。

新店

新店

三峽・果實特寫

1 2 3 4 5 6 7 8 9 10 11 12　　平 低　　草　　〇

內雙溪

內雙溪‧紅花與蒴果

新店‧黃花

●**特徵：**多年生草本植物；具發達地下根莖，全株光滑無毛。葉互生，橢圓形或卵狀長橢圓形，全緣。花紅色，偶有黃色；瓣3枚，長披針形，另外具2～3枚線形的瓣化不孕雄蕊（仔細數來，「花瓣」5枚者最普遍；而表面覆白粉，長度較短的3枚為萼片）。蒴果略呈球形，表面密被粗短的軟刺。

●**生態：**分布於平地至低海拔山區，常見栽植於庭園，歸化散生在荒地、田園、路旁，原產於熱帶地區。

花點草 *Nanocnide japonica*

1 2 3 4 　　　　　　　　　　低 中　草　　

●**特徵：**多年生草本植物
；莖細而叢生。葉互生，
三角形至近菱狀卵形，長
可達4cm，深粗鋸齒緣，
葉表被疏粗毛。雌雄同株
，異花，花微小，花被外
側呈淡紅色；雄花花被5
枚，聚繖花序腋生，具長
花軸；雌花花被4枚，簇
狀腋生。瘦果寬卵形，略
扁。

●**生態：**分布於低、中海
拔山區，生長在較陰涼潮
濕的林緣、路旁或溪谷旁
草地。

南投南山溪

南投南山溪‧雄花

南投南山溪

密花苧麻 木苧麻 *Boehmeria densiflora* 蕁麻科

內雙溪

●**特徵**：多年生常綠灌木；莖密被伏毛。葉對生，卵狀披針形至長披針形，長可達15cm，兩面被毛，細鋸齒緣，柄呈紫褐色。多數為雌雄異株，花小而密，雄花花被4枚，紅色，雌花花被先端2～4淺裂；穗狀花序腋生。瘦果球形，具長軟刺。

●**生態**：分布於低、中海拔山區，生長在較潮濕的路旁、林緣或溪邊。

新店·雄花

新店

短角冷水麻 *Pilea aquarum* ssp. *brevicornuta* 蕁麻科

●**特徵：**多年生草本植物；幼莖被細毛。葉對生，菱狀卵形、卵形至卵狀披針形或狹橢圓形至橢圓形，長可達5cm，鋸齒緣或鈍鋸齒緣。雌雄同株，異花，花微小，花被磚紅色；雄花花被4枚，雌花花被3枚；聚繖花序腋生。瘦果呈歪橢圓形，具小瘤突。

●**生態：**分布於低、中海拔山區，生長在較陰涼潮濕的林緣、路旁或林下。

烏來

烏來

蘭嶼木藍 *Indigofera zollingeriana* 豆科

墾丁

●**特徵：**多年生灌木；幼枝被短毛。奇數羽狀複葉；小葉9～11枚，對生，長橢圓形，兩面被毛。花冠蝶形，紅色（旗瓣褐紅色，基部具綠斑），寬可達9mm；密集的總狀花序，腋生。莢果線形，長約4cm。

●**生態：**分布於恆春半島、蘭嶼、綠島，生長在海岸珊瑚礁、草叢或海岸林緣。

墾丁

穗花木藍 *Indigofera spicata*

豆科

1 2 3 4 5 6 7 8 9 10 11 12 平 低 中 蔓藤

●**特徵：**一年生草本植物；莖被灰色伏毛，多匍匐後斜上生長。奇數羽狀複葉；小葉7～11枚，互生，倒披針形至倒卵形，背面被毛。花冠蝶形，紅色，寬可達6 mm；總狀花序腋生。莢果線形，略具4稜，被疏短毛。

●**生態：**分布於平地至中海拔山區，生長在路旁、荒地、河邊或草坪。植株冬季開花較不普遍。

【附記】 葉片為台灣姬小灰蝶幼蟲食草。

關西

關西

關西

毛木藍　*Indigofera hirsuta*　　　　豆科

●**特徵**：一或二年生直立性草本植物；莖密被褐色毛。奇數羽狀複葉；小葉5～7枚（多為7枚），對生，倒卵形，兩面密被毛。花冠蝶形，紅色，寬可達4 mm；總狀花序腋生。莢果線形，密被黑褐色毛。

●**生態**：分布於低、中海拔山區，生長在路旁、荒地。

野木藍 *Indigofera suffruticosa*

●**特徵：**多年生直立灌木；莖被伏毛。奇數羽狀複葉；小葉 9 ～ 17 枚，對生，倒披針形，背面被毛。花冠蝶形，帶微綠的淡磚紅色，寬可達 4 mm；短總狀花序腋生。莢果呈彎曲圓柱形。

●**生態：**分布於平地至低海拔山區，生長在路旁、荒地或河岸。

【附記】 植株莖、葉是早年藍染原料的提煉來源。

三峽

三峽

三峽

煉莢豆 山地豆 *Alysicarpus vaginalis* 豆科

1 2 3 4 5 6 7 8 9 10 11 12　平 低　蔓藤

●**特徵：**一年生匍匐性草本植物；莖木質化，多分枝。葉互生，橢圓形，葉表邊緣與中肋附近多光亮；部分植株上部葉呈披針形。花冠蝶形，磚紅色或紫紅色，寬可達 7 mm；總狀花序，頂生或腋生。莢果線形，呈扁筒狀，被短腺毛。

●**生態：**分布於平地至低海拔山區，生長在路旁、荒地與各類草坪。

403

圓葉煉莢豆　*Alysicarpus ovalifolius*　豆科

4 5 6 7 8 9 10 11　平 低　草

●**特徵：**一年生草本植物；莖細長，直立或斜上生長。外觀近似煉莢豆（見前頁），本種葉表中肋附近常具淡綠色縱斑，花序較長，花疏生而不重疊，莢果近光滑。

●**生態：**分布於平地至低海拔山區，生長在路旁、荒地或疏於管理的花圃、草坪。

鳳山

鳳山

鳳山

鳳山

●**特徵**：一年生草本植物；莖基部木質化，被黏性腺毛。羽狀複葉；小葉15～20對，互生，背面被短毛。花冠蝶形，紅色，或白色中具紅色條紋；旗瓣基部具黃斑，寬可達5mm；疏總狀花序腋生。莢果略呈彎曲之線形，扁平，腹脊於種子間呈波浪狀收縮。

●**生態**：分布於中、南部平地至低海拔山區，生長在路旁、荒地。葉片如含羞草般經碰觸會縮合，但速度較慢。

【附記】 葉片為黑緣黃蝶幼蟲食草。近似種合萌（*A. indica*）全株光滑，無腺毛；小葉20～30對。

鳳山

鳳山

405

龍崎

龍崎

鳳山

● **特徵：** 多年生灌木；莖中空，幼莖密被白粉。葉具長柄，卵圓形，徑可達50cm；掌狀 7 ～11裂，裂片鋸齒緣，齒尖具腺體。單被花，雌雄異花，呈總狀花序，雌花位於上方，雄花位於下方；雌花花柱紅色，3 深裂，先端再 2 叉；雄花花蕊多數，黃色。蒴果球形，滿被肉質尖刺，少數外表光滑。

● **生態：** 分布於平地至低海拔山區，生長在路旁、荒地或海邊。歸化種，原產於非洲。

【**附記**】 葉片為樺蛺蝶幼蟲食草。

406

落地生根 *Kalanchoe pinnatum*

景天科

新店

●**特徵：**多年生草本植物；莖上常具明顯的落葉痕跡。葉肉質，單葉或奇數羽狀複葉，小葉 3 或 5 枚，橢圓狀卵形，鈍鋸齒緣；葉片落地後，鋸齒凹入處的潛伏芽可長出新的芽與根。花冠筒狀，下垂，花萼外側冠 4 裂，呈磚紅色，徑可達14mm；圓錐花序，頂生或腋生。蓇葖果卵形，包藏於枯萎的花萼與花冠內。

●**生態：**分布於平地至低海拔山區，生長在路旁、荒地與田園附近。歸化種，原產於非洲。

谷關

福隆

馬纓丹 *Lantana camara*

1 2 3 4 5 6 7 8 9 10 11 12 　平 低　　灌 蔓藤　○

●**特徵：**多年生常綠灌木，枝條常蔓性生長；莖具4稜，被逆刺。葉對生，卵形至長卵形，兩面被硬毛，鋸齒緣。花冠高杯狀，先端不規則淺裂，橙色、橙紅、粉紅或橙黃，徑可達8 mm；繖房花序，外形呈頭狀花般排列，腋生。核果球形；熟果藍黑色，肉質。

●**生態：**分布於平地至低海拔山區，生長在路旁、荒地或林緣。歸化種，原產於熱帶美洲、西印度群島。廣被利用為庭園植栽，自然繁殖者，以橙紅色花最多見。

屏東老埤

屏東老埤

墾丁

小花密集成花序　P.410~412

P.410~412

花被6枚　P.413

P.413

花冠蝶形　P.414

P.414~416

花萼鐘形
P.415

小型無被花
P.416

飛揚草 大飛揚草　*Chamaesyce hirta*　　　　大戟科

●**特徵：**一年生草本植物；莖常匍匐或斜上生長，被刺毛。葉對生，卵狀菱形至長橢圓狀披針形，細鋸齒緣，兩面被毛。花微小，黃褐色、紫褐色或綠色，大戟花序呈密聚繖狀排列，略似菊科頭狀花，因而置於多瓣中介紹，花序徑可達25mm。蒴果微小，略呈卵球形，被毛。

●**生態：**分布於平地至低海拔山區，生長在路旁、荒地或田園。

鳥松

鳥松

410

翼莖闊苞菊 *Pluchea sagittalis*

菊科

1 2 3 4 5 6 7 8 9 10 11 12 　平低　　草　　　☀

大溪

●**特徵：**多年生草本植物；莖基部木質化，被毛，具翼片。葉互生，卵形至披針形，鋸齒緣，兩面被毛及腺體。頭花整體略呈黃褐色，徑可達11mm；呈繖房狀排列，頂生。瘦果具米白色冠毛。

●**生態：**分布於平地至低海拔山區，生長在路旁、荒地、休耕農田或水田、池澤濕地。歸化種，原產於美洲。

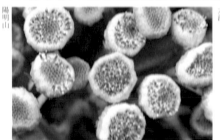

陽明山

大溪

411

美洲闊苞菊 *Pluchea carolinensis* 菊科

1 2 3 4 平 低 雛

龍崎

●**特徵：**多年生灌木；分枝密被絨毛。葉互生，橢圓形、狹橢圓形或卵狀橢圓形，兩面被短毛及腺體。頭花淡黃褐色至淡紫褐色，無舌狀花，徑可達 9 mm；呈繖房狀排列，頂生。瘦果具白色冠毛。

●**生態：**分布於南部平地至低海拔山區，生長在路旁、荒地或林緣開闊地。花期主要為冬季至早春，夏季偶有小族群開花。歸化種，原產於美洲。

龍崎

鳳山

412

菝葜 *Smilax china*

菝葜科

1 2 3 □□□□□□□□□□ □ 平 低 □□ □□ 蔓藤 ☼

內雙溪

●**特徵：**多年生蔓性灌木；莖圓形，被疏鉤刺，節與節間常呈屈膝狀彎曲。葉互生，卵狀圓形或卵形。花單性，雌雄異株，花被 6 枚，內層 3 枚較狹窄，黃褐色、棕紅色或綠色，花徑可達 8 mm；繖形花序腋生。漿果球形，熟果紅色或橙紅色。

●**生態：**分布於平地至低海拔山區，攀爬生長在荒地、林緣。

【附記】 葉片為琉璃蛺蝶幼蟲食草。

埔里

內湖

賽芻豆 *Macroptilium atropurpureus*

豆科

1 2 3 4 5 6 7 8 9 10 11 12　□ 平 低 □□　□□ 豪腰　○

龍崎

龍崎

鳳山・寬翼豆

日月潭

●**特徵：**多年生匍匐性或有時攀緣性草本植物；莖被毛。三出複葉，頂小葉卵狀菱形，側小葉常 3 裂；兩面被毛。花冠蝶形，深紅褐色至紫黑色，寬可達24mm；總狀花序腋生。莢果細長線形，被毛。

●**生態：**分布於平地至低海拔山區，生長在路旁、圍籬、荒地或林緣。歸化種，原產於熱帶美洲。

【**附記**】　近似種寬翼豆（*M. lathyroides*）的葉形較窄，呈橢圓形至狹橢圓形，側小葉甚少 3 裂，花色較淡，呈棕紅色；主要分布於高、屏等南部地區。

414

大花細辛 *Asarum macranthum*

馬兜鈴科

3 4 5 6 7 低 中 草

大屯山

●**特徵：**多年生草本植物；地下莖光滑。葉根生，長橢圓狀三角形或卵狀心形，葉表具淡綠色與白綠色縱斑。花萼鐘形，3裂，貼近地面，紫褐色，徑可達36mm；單生。蒴果略呈短圓柱形。

●**生態：**分布於低、中海拔山區，生長在陰涼的闊葉林下。

大屯山

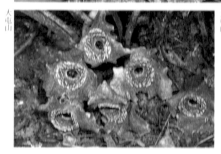

大屯山

鳥松

三峽・香蒲

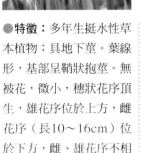

鳥松

●**特徵：**多年生挺水性草本植物；具地下莖。葉線形，基部呈鞘狀抱莖。無被花，微小，穗狀花序頂生，雄花序位於上方，雌花序（長10〜16cm）位於下方，雌、雄花序不相連接，黃褐色。堅果極微小，果穗褐色。

●**生態：**分布於平地至低海拔山區，生長在池澤、水田或河邊緩流區。

【附記】　近似種香蒲（*T. orientalis*）的花、果序較粗短，雌花（果）序長約7〜10cm，最大差異是雌、雄花序相連接。

野茼蒿　*Conyza sumatrensis*

1 2 3 4 5 6 7 8 9 10 11 12　□ 平 低 中 □　草 □　●

陽明山

陽明山

陽明山

草屯・野塘蒿（植株）

●**特徵：**一年生草本植物；莖密被毛，主莖具翼。葉長倒披針形，兩面被毛。頭花整體略呈黃綠色（筒狀心花黃色，外圍白色舌狀花不明顯），徑可達8mm；圓錐花序頂生。瘦果具淡黃褐色冠毛。

●**生態：**廣泛分布於平地至中海拔山區，生長在路旁、荒地、林緣、田園或安全島。歸化種，原產於南美洲。

【**附記**】 海邊和平野極常見的近似種野塘蒿（*C. bonariensis*，又名美洲假蓬），植株較矮小，開花時側生的分枝逐漸增長，並高於主莖頂。

加拿大蓬　*Conyza canadensis*　　　　　菊科

●**特徵：**一年生草本植物。外觀近似野茼蒿（見前頁），主要的差異是本種葉較狹窄，呈線形至長披針形，寬不及15mm（野茼蒿葉寬20mm以上）；頭花較小，徑不及 4 mm，外圍白色或米白色的舌狀花較明顯；花序極長，通常占植株高度的 1/2 ，呈金字塔狀的圓錐花序。

●**生態：**分布於平地至低海拔山區，生長在路旁、荒地、林緣、田園或安全島。歸化種，原產於北美洲。

七葉一枝花  *Paris polyphylla*

  百合科

大屯山

大屯山

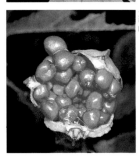

大屯山

大屯山

●**特徵**：多年生草本植物；具地下短根莖，莖單一直立。葉生於莖頂，6～10枚輪生，多為7枚，長橢圓形或長橢圓狀披針形。花被2輪，外輪5～6枚，綠色，花徑可達100 mm；內輪絲狀，常被葉片狀的外輪花被遮蓋；花單一頂生。蒴果略呈球形，具縱稜；種子橙紅色。

●**生態**：分布於低、中海拔山區，生長在陰涼的闊葉林下。

420

羊蹄 *Rumex crispus* var. *japonicus*

蓼科

陽明山

●**特徵：**多年生草本植物；莖直立，中空。葉變化大；根生葉長橢圓狀披針形或長橢圓形，長可達25 cm，葉基心形，波狀緣；莖生葉多呈線形，愈上部愈小。花被6枚，綠色，內、外層各3枚，內層花被較大。堅果三角狀卵形；具膨大的宿存內層花被，呈翼片狀，鋸齒緣。

●**生態：**分布於平地至低海拔山區，生長在路旁、荒地、林緣或海岸等開闊地。

陽明山

陽明山

華他卡藤 *Dregea volubilis*

蘿藦科

●**特徵：**多年生纏繞性常綠藤本植物；莖具皮質小孔。葉對生，卵形，先端尖銳。花冠輪形，5 裂，副花冠星形，黃綠色，花徑可達19mm；繖形花序腋生。蓇葖果披針狀圓柱形，滿被黃褐色蠟粉。

●**生態：**分布於南部、東部低海拔山區，生長在林緣或林下灌叢。

【**附記**】 葉片為淡色小紋青斑蝶幼蟲食草。

埔里（人工栽植）

埔里（人工栽植）

埔里（人工栽植）

三角葉西番蓮

Passiflora suberosa　　　　　　　　　**西番蓮科**

1 2 3 4 5 6 7 8 9 10 11 12　平 低　　　蔓藤

美濃

●**特徵**：多年生攀緣性常綠藤本植物；莖被柔毛，具卷鬚。葉互生，卵狀三角形，3 裂，兩面被毛。花萼輪形，5 裂，黃綠色，徑可達18mm；不具花瓣，但有絲狀的副花冠；花經常成對腋生。漿果近球形，熟果紫黑色。

●**生態**：分布於平地至低海拔山區，生長在林緣、灌叢或圍籬。

中和

中和

爬森藤 *Parsonsia laevigata*

夾竹桃科

| | | | 5 | 6 | 7 | 8 | | | | 海 | | | | | | 蔓藤 |

●**特徵：**多年生攀緣性或
匍匐性木質藤本植物；莖
光滑。葉對生，革質，卵
狀橢圓形或橢圓狀披針形
。花冠輪形，5深裂，淡
黃綠色，徑可達14mm；
聚繖花序，腋生或頂生。
蓇葖果線形。

●**生態：**分布於濱海地區
，生長在海岸灌叢、草叢
、珊瑚礁或岩縫。

【附記】 葉片為大白斑蝶
幼蟲食草。近年常有蝴蝶
園業者大量栽植，局部非
海濱地區偶有自然散生情
形。

埔里（人工栽植）

埔里（人工栽植）

埔里（人工栽植）

扛板歸 *Polygonum perfoliatum*

蓼科

陽明山

●**特徵：**一年生匍匐性草質藤本植物；莖無毛，被倒刺。葉互生，盾狀三角形，背面中肋具倒刺。花被5枚，綠色；短穗狀花序，頂生，花序寬可達10 mm。瘦果球形，外覆肉質花被，由綠色轉粉紅色、淡紫色，熟果再轉呈淡藍色，狀似漿果。

●**生態：**分布於平地至中海拔山區，生長在路旁、荒地或林緣灌叢。

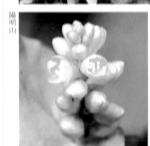

陽明山

陽明山

漢氏山葡萄 *Ampelopsis brevipedunculata* var. *hancei*

1 2 3 4 5 6 7 8 9 10 11 12　平 低　　　　蔓藤

●**特徵：**多年生落葉性藤本植物；莖光滑或近光滑，具 2 叉之卷鬚，與葉對生。葉互生，寬卵形，偶 3 或 5 淺裂，鈍鋸齒緣，葉表具光澤。花瓣 5 枚，易脫落，淡綠色，花徑可達 6 mm；聚繖花序與葉對生，2 叉狀。漿果球形，由綠色轉白色，熟果再轉紫藍色。

●**生態：**分布於平地至低海拔山區，生長在路旁、林緣。

【**附記**】 分布於桃、竹地區的另一變種毛山葡萄（var. *ciliata*），幼莖被毛，葉兩面被毛。

內雙溪

內雙溪

內雙溪

廣東山葡萄 *Ampelopsis cantoniensis*

葡萄科

內湖

內湖

內湖

●**特徵：**多年生落葉性藤本植物；莖光滑，具 2 叉之卷鬚，與葉對生。葉互生，一或二回羽狀複葉，小葉卵形至卵狀長橢圓形，粗鋸齒緣。花近似漢氏山葡萄（見前頁），聚繖花序 2 ～ 3 分叉。漿果近球形，熟果由紅轉黑色。

●**生態：**分布於低海拔山區，生長在林緣或灌叢。

虎葛　*Cayratia japonica*

●**特徵**：多年生藤本植物；莖光滑，具稜；卷鬚2叉與葉對生。葉互生，掌狀複葉；小葉5枚，長橢圓形，頂小葉較大，疏鋸齒緣。花瓣4枚，淡綠色，花徑可達4mm；聚繖花序呈2～3叉的繖房狀排列。漿果球形，熟果由紅紫色轉黑色。

●**生態**：分布於平地至低海拔山區，生長在路旁、荒地、林緣。

內雙溪

內雙溪

陽明山

姑婆芋

Alocasia odora

●**特徵：** 多年生草本植物；具地下根莖。葉叢生莖頂，寬卵形，略呈波狀緣。佛燄苞長橢圓狀披針形，綠色，寬可達40mm；內部肉穗狀花序米黃色，雄花在上，雌花在下。漿果球形，熟果紅色。

●**生態：** 分布於平地至中海拔山區，生長在林緣、路旁或林下。

【附記】 全株汁液有毒，皮膚碰觸會腫癢疼痛。

申跋 油跋 *Arisaema ringens* 天南星科

新店

大屯山・未熟果

大屯山・熟果

新店

●**特徵：**多年生草本植物；具地下球狀塊莖。葉2枚，三出複葉，小葉先端尖尾狀。佛燄苞綠色或紫褐色，外側具白色條紋；苞筒內為肉穗狀花序。漿果略呈圓柱形，熟果橙色，可見的先端部分呈綠褐色。

●**生態：**分布於中、北部低、中海拔山區，蘭嶼也有分布，生長在林緣或林下。

430

【分科索引】

（中名前有★者，表此種今被併入他種中）

【蕁麻科　Urticaceae】
密花苧麻　Boehmeria densiflora ···················397
花點草　Nanocnide japonica ·····················396
短角冷水麻　Pilea aquarum ssp. brevicornuta ·····398

【蓼科　Polygonaceae】
火炭母草　Polygonum chinense ···················209
白苦柱　Polygonum lanatum ·····················212
睫穗蓼　Polygonum longisetum ··················318
台灣何首烏　Polygonum multiflorum var. hypoleucum
··210
扛板歸　Polygonum perfoliatum ··················425
腺花毛蓼　Polygonum pubescens ················211
刺蓼　Polygonum senticosum ·····················317
羊蹄　Rumex crispus var. japonicus ·············421

【三白草科　Saururaceae】
蕺菜　Houttuynia cordata ·························223
三白草　Saururus chinensis ·····················262

【金粟蘭科　Chloranthaceae】
台灣及己　Chloranthus oldhami ··················261

【商陸科　Phytolaccaceae】
美洲商陸　Phytolacca americana ················192
日本商陸　Phytolacca japonica ··················191

【莧科　Amaranthaceae】
毛蓮子草　Alternanthera bettzickiana ············136
★節節花　Alternanthera nodiflora
（此種已被併入蓮子草）·····················137
空心蓮子草　Alternanthera philoxeroides ········135
蓮子草　Alternanthera sessilis ··················137
青葙　Celosia argentea ··························281
假千日紅　Gomphrena celosioides ···············138

【番杏科　Aizoaceae】
海馬齒　Sesuvium portulacastrum ···············311
番杏　Tetragonia tetragonides ··················100
假海馬齒　Trianthemum portulacastrum ·········194

【馬齒莧科　Portulacaceae】
馬齒莧　Portulaca oleracea ······················89
毛馬齒莧　Portulaca pilosa ssp. pilosa ··········314

【落葵科　Basellaceae】
洋落葵　Anredera cordifolia ·····················203
落葵　Basella alba ·······························384

【石竹科　Caryophyllaceae】
卷耳　Cerastium fontanum var. angustifolium·····197
菁芳草　Drymaria diandra ·······················206
瓜槌草　Sagina japonica ························214
大瓜槌草　Sagina maxima ·······················214
鵝兒腸　Stellaria aquatica ······················190
繁縷　Stellaria media ···························190

【毛莨科　Ranunculaceae】
串鼻龍　Clematis grata ··························222
鵝鑾鼻鐵線蓮　Clematis terniflora var. garanbiensis
··221
禺毛莨　Ranunculus cantoniensis ·················59
揚子毛莨　Ranunculus sieboldii ··················60
傅氏唐松草　Thalictrum urbaini ··················139

【馬兜鈴科　Aristolochiaceae】
異葉馬兜鈴　Aristolochia heterophylla ···········125
大花細辛　Asarum macranthum ··················415

【金絲桃科　Guttiferae】
地耳草　Hypericum japonicum ·····················83

【茅膏菜科　Droseraceae】
金錢草　Drosera burmannii ······················315
小毛氈苔　Drosera spathulata ···················315

【紫菫科　Fumariaceae】
台灣黃菫　Corydalis tashiroi ·····················127

【白花菜科　Capparidaceae】
平伏莖白花菜　Cleome rutidosperma ·············321
向天黃　Cleome viscosa ·························101

【十字花科　Cruciferae＝Brassicaceae】
薺　Capsella bursa-pastoris ·····················229
蔊菜　Cardamine flexuosa ·······················231
台灣假山葵　Cochlearia formosana ···············228
獨行菜　Lepidium virginicum ·····················230
濱蘿蔔　Raphanus sativus f. raphanistroides ···320
葶藶　Rorippa indica ····························102

【薔薇科　Rosaceae】
龍牙草　Agrimonia pilosa ························84
★台灣蛇莓　Duchesnea chrysantha
（此種已被併入蛇莓）························74
蛇莓　Duchesnea indica ·························74

翻白草　*Potentilla discolor* ⋯⋯⋯⋯⋯71
日本翻白草　*Potentilla nipponica* ⋯⋯⋯71
羽萼懸鉤子　*Rubus alceifolius* ⋯⋯⋯⋯166
橿葉懸鉤子　*Rubus alnifoliolatus*⋯⋯⋯⋯162
變葉懸鉤子　*Rubus corchorifolius* ⋯⋯⋯163
虎婆刺　*Rubus croceacanthus* ⋯⋯⋯⋯158
台灣懸鉤子　*Rubus formosensis* ⋯⋯⋯165
紅梅消　*Rubus parvifolius* var. *parvifolius* ⋯⋯⋯310
刺莓　*Rubus rosifolius*⋯⋯⋯⋯⋯⋯⋯160
紅腺懸鉤子　*Rubus sumatranus* ⋯⋯⋯157
斯氏懸鉤子　*Rubus swinhoei*⋯⋯⋯⋯⋯164
苦懸鉤子　*Rubus trianthus* ⋯⋯⋯⋯⋯159
鬼懸鉤子　*Rubus wallichianus* ⋯⋯⋯161

【景天科　Crassulaceae】
鵝鑾鼻燈籠草　*Kalanchoe garambiensis* ⋯⋯⋯98
小燈籠草　*Kalanchoe gracilis* ⋯⋯⋯⋯97
落地生根　*Kalanchoe pinnatum* ⋯⋯⋯407
倒吊蓮　*Kalanchoe spathulata* ⋯⋯⋯⋯99
星果佛甲草　*Sedum actinocarpum* ⋯⋯⋯80
台灣佛甲草　*Sedum formosanum* ⋯⋯⋯78
疏花佛甲草　*Sedum uniflorum* ⋯⋯⋯⋯79

【虎耳草科　Saxifragaceae】
落新婦　*Astilbe longicarpa* ⋯⋯⋯⋯⋯213
狹瓣八仙　*Hydrangea angustipetala* ⋯⋯218
華八仙　*Hydrangea chinensis* ⋯⋯⋯⋯217

【豆科　Leguminosae】
敏感合萌　*Aeschynomene americana* ⋯⋯405
合萌　*Aeschynomene indica* ⋯⋯⋯⋯405
圓葉煉莢豆　*Alysicarpus ovalifolius* ⋯⋯404
煉莢豆　*Alysicarpus vaginalis* ⋯⋯⋯403
蔓蟲豆　*Cajanus scarabaeoides* ⋯⋯⋯115
關刀豆　*Canavalia ensiformis* ⋯⋯⋯⋯324
肥豬豆　*Canavalia lineata*⋯⋯⋯⋯⋯⋯324
濱刀豆　*Canavalia rosea* ⋯⋯⋯⋯⋯⋯325
山珠豆　*Centrosema pubescens* ⋯⋯⋯323
鵝鑾鼻決明　*Chamaecrista garambiensis* ⋯⋯75
大葉假含羞草　*Chamaecrista nictitans* var. *glabrata*
⋯⋯⋯⋯⋯⋯⋯⋯⋯⋯⋯⋯⋯76
假含羞草　*Chamaecrista mimosoides*⋯⋯77
蝶豆　*Clitoria ternatea*⋯⋯⋯⋯⋯⋯⋯270
響鈴豆　*Crotalaria albida* ⋯⋯⋯⋯⋯114
黃豬屎豆　*Crotalaria micans* ⋯⋯⋯⋯103
黃野百合　*Crotalaria pallida* var. *obovata* ⋯⋯105
鵝鑾鼻野百合　*Crotalaria similis* ⋯⋯113
南美豬屎豆　*Crotalaria zanzibarica* ⋯⋯104
假地豆　*Desmodium heterocarpum* var. *heterocarpum*
⋯⋯⋯⋯⋯⋯⋯⋯⋯⋯⋯⋯⋯338
直立假地豆　*Desmodium heterocarpum* var. *strigosum*

變葉山螞蝗　*Desmodium heterophyllum* ⋯⋯337
營多藤　*Desmodium intortum*⋯⋯⋯⋯329
疏花山螞蝗　*Desmodium laxiflorum* ⋯⋯339
琉球山螞蝗　*Desmodium laxum* ssp. *laterale*⋯⋯340
細梗山螞蝗　*Desmodium laxum* ssp. *leptopum*⋯⋯340
蝦尾山螞蝗　*Desmodium scorpiurus* ⋯⋯346
波葉山螞蝗　*Desmodium sequax* ⋯⋯⋯336
蠅翼草　*Desmodium triflorum*⋯⋯⋯⋯343
西班牙三葉草　*Desmodium uncinatum* ⋯⋯328
三裂葉扁豆　*Dolichos trilobus* var. *kosyunensis* ⋯331
圓葉野扁豆　*Dunbaria rotundifolia* ⋯⋯117
田代氏乳豆　*Galactia tashiroi* ⋯⋯⋯333
細花乳豆　*Galactia tenuiflora* var. *tenuiflora* ⋯332
毛細花乳豆　*Galactia tenuiflora* var. *villosa* ⋯332
大豆　*Glycine max*⋯⋯⋯⋯⋯⋯⋯⋯341
台灣大豆　*Glycine max* ssp. *formosana* ⋯342
闊葉大豆　*Glycine tomentella* ⋯⋯⋯⋯342
毛木藍　*Indigofera hirsuta* ⋯⋯⋯⋯⋯401
穗花木藍　*Indigofera spicata* ⋯⋯⋯⋯400
野木藍　*Indigofera suffruticosa* ⋯⋯⋯402
木藍　*Indigofera tinctoria* ⋯⋯⋯⋯⋯345
蘭嶼木藍　*Indigofera zollingeriana* ⋯⋯399
雞眼草　*Kummerowia striata* ⋯⋯⋯⋯344
鵲豆　*Lablab purpureus* ⋯⋯⋯⋯⋯⋯326
毛胡枝子　*Lespedeza formosa* ⋯⋯⋯335
賽芻豆　*Macroptilium atropurpureus*⋯⋯414
寬翼豆　*Macroptilium lathyroides* ⋯⋯⋯414
天藍苜蓿　*Medicago lupulina* ⋯⋯⋯⋯119
印度草木樨　*Melilotus indicus* ⋯⋯⋯⋯118
美洲含羞草　*Mimosa diplotricha* ⋯⋯⋯283
含羞草　*Mimosa pudica* ⋯⋯⋯⋯⋯⋯282
葛藤　*Pueraria lobata* ssp. *thomsonii* ⋯327
山葛　*Pueraria montana* ⋯⋯⋯⋯⋯⋯327
小葉括根　*Rhynchosia minima* ⋯⋯⋯⋯116
望江南　*Senna occidentalis* ⋯⋯⋯⋯⋯57
決明　*Senna tora* ⋯⋯⋯⋯⋯⋯⋯⋯⋯58
田菁　*Sesbania cannabiana*⋯⋯⋯⋯⋯111
印度田菁　*Sesbania sesban* ⋯⋯⋯⋯⋯110
白花鐵富豆　*Tephrosia candida* ⋯⋯⋯235
台灣灰毛豆　*Tephrosia obovata* ⋯⋯⋯330
菽草　*Trifolium repens* ⋯⋯⋯⋯⋯⋯236
兔尾草　*Uraria crinita* ⋯⋯⋯⋯⋯⋯334
和氏豇豆　*Vigna hosei* ⋯⋯⋯⋯⋯⋯⋯112
長葉豇豆　*Vigna luteola* ⋯⋯⋯⋯⋯⋯108
濱豇豆　*Vigna marina* ⋯⋯⋯⋯⋯⋯⋯109
小葉豇豆　*Vigna minima* var. *minor* ⋯⋯107
赤小豆　*Vigna umbellata* ⋯⋯⋯⋯⋯⋯106

【田麻科　Tiliaceae】
繩黃麻　*Corchorus aestuans*⋯⋯⋯⋯⋯87

垂桉草　*Triumfetta bartramia*⋯⋯⋯⋯⋯81
臭垂桉草　*Triumfetta tomentosa*⋯⋯⋯⋯⋯82

【梧桐科　Sterculiaceae】
野路葵　*Melochia corchorifolia*⋯⋯⋯⋯313

【錦葵科　Malvaceae】
香葵　*Abelmoschus moschatus*⋯⋯⋯⋯⋯53
冬葵子　*Aubtilon indicum* var. *indicum*⋯⋯62
畿內冬葵子　*Aubtilon indicum* var. *guineense*⋯62
木芙蓉　*Hibiscus mutabilis*⋯⋯⋯⋯⋯295
山芙蓉　*Hibiscus taiwanensis*⋯⋯⋯⋯295
賽葵　*Malvastrum coromandelianum*⋯⋯70
穗花賽葵　*Malvastrum spicatum*⋯⋯⋯⋯91
細葉金午時花　*Sida acuta*⋯⋯⋯⋯⋯67
圓葉金午時花　*Sida cordifolia*⋯⋯⋯⋯64
金午時花　*Sida rhombifolia* ssp. *rhombifolia*⋯66
澎湖金午時花　*Sida veronicifolia*⋯⋯⋯65
野棉花　*Urena lobata*⋯⋯⋯⋯⋯⋯297
梵天花　*Urena procumbens*⋯⋯⋯⋯⋯298

【酢醬草科　Oxalidaceae】
酢醬草　*Oxalis corniculata*⋯⋯⋯⋯⋯68
紫花酢醬草　*Oxalis corymbosa*⋯⋯⋯299

【鳳仙花科　Balsaminaceae】
非洲鳳仙花　*Impatiens walleriana*⋯⋯391

【無患子科　Sapindaceae】
倒地鈴　*Cardiospermum halicacabum*⋯⋯226

【蒺藜科　Zygophyllaceae】
台灣蒺藜　*Tribulus taiwanense*⋯⋯⋯⋯61

【大戟科　Euphorbiaceae】
飛揚草　*Chamaesyce hirta*⋯⋯⋯⋯⋯410
猩猩草　*Euphorbia cyathophora*⋯⋯⋯386
蓖麻　*Ricinus communis*⋯⋯⋯⋯⋯406

【葡萄科　Vitaceae】
毛山葡萄　*Ampelopsis brevipedunculata* var. *ciliata*
⋯⋯⋯⋯⋯⋯⋯⋯⋯⋯⋯426
漢氏山葡萄　*Ampelopsis brevipedunculata* var. *hancei*
⋯⋯⋯⋯⋯⋯⋯⋯⋯⋯⋯426
廣東山葡萄　*Ampelopsis cantoniensis*⋯⋯427
虎葛　*Cayratia japonica*⋯⋯⋯⋯⋯428

【菫菜科　Violaceae】
匍菫菜　*Viola arcuata*⋯⋯⋯⋯⋯⋯303
short毛菫菜　*Viola confusa*⋯⋯⋯⋯⋯301
小菫菜　*Viola inconspicua* ssp. *nagasakiensis*⋯302

台北菫菜　*Viola nagasawai* var. *nagasawai*⋯⋯300
普萊氏菫菜　*Viola nagasawai* var. *pricei*⋯⋯300

【西番蓮科　Passifloraceae】
百香果　*Passiflora edulis*⋯⋯⋯⋯⋯130
毛西番蓮　*Passiflora foetida*⋯⋯⋯⋯131
三角葉西番蓮　*Passiflora suberosa*⋯⋯423

【千屈菜科　Lythraceae】
克非亞草　*Cuphea cartagenensis*⋯⋯⋯294
水莕花　*Pemphis acidula*⋯⋯⋯⋯⋯153

【仙人掌科　Cactaceae】
仙人掌　*Opuntia dillenii*⋯⋯⋯⋯⋯26

【秋海棠科　Begoniaceae】
圓果秋海棠　*Begonia aptera*⋯⋯⋯⋯220
水鴨腳　*Begonia formosana*⋯⋯⋯⋯319
樹大秋海棠　*Begonia laciniata*⋯⋯⋯219

【瓜科　Cucurbitaceae】
雙輪瓜　*Diplocyclos palmatus*⋯⋯⋯⋯73
苦瓜　*Momordica charantia* var. *abbreuiata*⋯55
木虌子　*Momordica cochinchinensis*⋯⋯52
天花　*Mukia maderaspatana*⋯⋯⋯⋯85
王瓜　*Trichosanthes cucumeroides*⋯⋯156
馬㼎兒　*Zehneria japonica*⋯⋯⋯⋯199
黑果馬㼎兒　*Zehneria mucronata*⋯⋯200

【野牡丹科　Melastomataceae】
柏拉木　*Blastus cochinchinensis*⋯⋯⋯224
野牡丹　*Melastoma candidum*⋯⋯⋯296

【柳葉菜科　Onagraceae】
細葉水丁香　*Ludwigia hyssopifolia*⋯⋯96
水丁香　*Ludwigia octovalvis*⋯⋯⋯⋯95
台灣水龍　*Ludwigia* × *taiwanensis*⋯⋯56
裂葉月見草　*Oenothera laciniata*⋯⋯94

【繖形科　Umbelliferae＝Apiaceae】
野當歸　*Angelica dahurica* var. *formosana*⋯167
濱當歸　*Angelica hirsutiflora*⋯⋯⋯⋯168
濱防風　*Glehnia littoralis*⋯⋯⋯⋯170
水芹菜　*Oenanthe javanica*⋯⋯⋯⋯171
日本前胡　*Peucedanum japonicum*⋯⋯169

【紫金牛科　Myrsinaceae】
台灣山桂花　*Maesa perlaria* var. *formosana*⋯204

【報春花科　Primulaceae】
琉璃繁縷　*Anagalis arvensis*⋯⋯⋯⋯267

地錢草　*Androsace umbellata* ⋯⋯⋯⋯⋯193
異葉珍珠菜　*Lysimachia decurrens* ⋯⋯⋯⋯205
小茄　*Lysimachia japonica* ⋯⋯⋯⋯88
茅毛珍珠菜　*Lysimachia mauritiana* ⋯⋯⋯⋯309
蓬萊珍珠菜　*Lysimachia remota* ⋯⋯⋯⋯72

【木犀科　Oleaceae】
山素英　*Jasminum nervosum* ⋯⋯⋯⋯⋯134

【馬錢科　Loganiaceae】
揚波　*Buddleja asiatica* ⋯⋯⋯⋯⋯227

【夾竹桃科　Apocynaceae】
酸藤　*Ecdysanthera rosea* ⋯⋯⋯⋯⋯394
爬森藤　*Parsonsia laevigata* ⋯⋯⋯⋯⋯424
蘿芙木　*Rauvolfia verticillata* ⋯⋯⋯⋯⋯188

【蘿摩科　Asclepiadaceae】
馬利筋　*Asclepias curassavica* ⋯⋯⋯⋯⋯393
華他卡藤　*Dregea volubilis* ⋯⋯⋯⋯⋯422
毬蘭　*Hoya carnosa* ⋯⋯⋯⋯⋯183

【旋花科　Convolvulaceae】
菟絲子　*Cuscuta australis* ⋯⋯⋯⋯⋯93
中國菟絲子　*Cuscuta chinensis* ⋯⋯⋯⋯⋯93
台灣菟絲子　*Cuscuta japonica* var. *formosana* ⋯⋯93
土丁桂　*Evolvulus alsinoides* ⋯⋯⋯⋯⋯275
空心菜　*Ipomoea aquatica* ⋯⋯⋯⋯⋯248
白花牽牛　*Ipomoea biflora* ⋯⋯⋯⋯⋯251
槭葉牽牛　*Ipomoea cairica* ⋯⋯⋯⋯⋯354
厚葉牽牛　*Ipomoea imperati* ⋯⋯⋯⋯⋯249
銳葉牽牛　*Ipomoea indica* ⋯⋯⋯⋯⋯355
海牽牛　*Ipomoea littoralis* ⋯⋯⋯⋯⋯357
野牽牛　*Ipomoea obscura* ⋯⋯⋯⋯⋯123
馬鞍藤　*Ipomoea pes-caprae* ssp. *brasiliensis* ⋯⋯356
紅花野牽牛　*Ipomoea triloba* ⋯⋯⋯⋯⋯359
娥房藤　*Jacquemontia paniculata* ⋯⋯⋯⋯⋯358
菜欒藤　*Merremia gemella* ⋯⋯⋯⋯⋯121
卵葉菜欒藤　*Merremia hederacea* ⋯⋯⋯⋯⋯122
盒果藤　*Operculina turpethum* ⋯⋯⋯⋯⋯250

【茄科　Solanaceae】
大花曼陀羅　*Brugmansia suaveolens* ⋯⋯⋯241
雙花龍葵　*Lycianthes biflora* ⋯⋯⋯⋯⋯175
番茄　*Lycopersicon esculentum* ⋯⋯⋯⋯69
燈籠草　*Physalis angulata* ⋯⋯⋯⋯⋯126
刺茄　*Solanum capsicoides* ⋯⋯⋯⋯⋯173
瑪瑙珠　*Solanum diphyllum* ⋯⋯⋯⋯⋯178
山煙草　*Solanum erianthum* ⋯⋯⋯⋯⋯174
羊不食　*Solanum lasiocarpum* ⋯⋯⋯⋯⋯172
毛柱萬桃花　*Solanum macaonense* ⋯⋯⋯⋯305

龍葵　*Solanum nigrum* ⋯⋯⋯⋯⋯177
玉珊瑚　*Solanum pseudocapsicum* ⋯⋯⋯⋯176
萬桃花　*Solanum torvum* ⋯⋯⋯⋯⋯174
印度茄　*Solanum violaceum* ⋯⋯⋯⋯⋯304
龍珠　*Tubocapsicum anomalum* ⋯⋯⋯⋯86

【紫草科　Boraginaceae】
細纍子草　*Bothriospermum zeylanicum* ⋯⋯⋯⋯215
狗尾草　*Heliotropium indicum* ⋯⋯⋯⋯⋯378
伏毛天芹菜　*Heliotropium procumbens*
var. *depressum* ⋯⋯⋯⋯⋯216
白水木　*Tournefortia argentea* ⋯⋯⋯⋯⋯198

【馬鞭草科　Verbenaceae】
杜虹花　*Callicarpa formosana* var. *formosana* ⋯⋯278
灰葉蕕　*Caryopteris incana* ⋯⋯⋯⋯⋯383
大青　*Clerodendrum cyrtophyllum* ⋯⋯⋯⋯182
苦林盤　*Clerodendrum inerme* ⋯⋯⋯⋯⋯181
龍船花　*Clerodendrum kaempferi* ⋯⋯⋯⋯392
海州常山　*Clerodendrum trichotomum* ⋯⋯⋯180
馬纓丹　*Lantana camara* ⋯⋯⋯⋯⋯408
鴨舌癀　*Phyla nodiflora* ⋯⋯⋯⋯⋯254
藍蝶猿尾木　*Stachytarpheta cayennensis* ⋯⋯⋯268
長穗木　*Stachytarpheta jamaicensis* ⋯⋯⋯⋯268
馬鞭草　*Verbena officinalis* ⋯⋯⋯⋯⋯316
黃荊　*Vitex negundo* ⋯⋯⋯⋯⋯377
蔓荊　*Vitex rotundifolia* ⋯⋯⋯⋯⋯366

【唇形科　Labiatae】
散血草　*Ajuga taiwanensis* ⋯⋯⋯⋯⋯374
風輪菜　*Clinopodium chinense* ⋯⋯⋯⋯⋯379
塔花　*Clinopodium gracile* ⋯⋯⋯⋯⋯380
頭花香苦草　*Hyptis rhomboides* ⋯⋯⋯⋯253
益母草　*Leonurus japonicus* ⋯⋯⋯⋯⋯257
白花草　*Leucas chinensis* ⋯⋯⋯⋯⋯258
仙草　*Mesona chinensis* ⋯⋯⋯⋯⋯381
夏枯草　*Prunella vulgaris* var. *asiatica* ⋯⋯⋯373
紫花鼠尾草　*Salvia japonica* ⋯⋯⋯⋯⋯375
半枝蓮　*Scutellaria barbata* ⋯⋯⋯⋯⋯370
耳挖草　*Scutellaria indica* ⋯⋯⋯⋯⋯371
布烈氏黃芩　*Scutellaria playfairi* ⋯⋯⋯⋯372
血見愁　*Teucrium viscidum* ⋯⋯⋯⋯⋯382

【玄參科　Scrophulariaceae】
擬紫蘇草　*Limnophila aromaticoides* ⋯⋯⋯256
心葉母草　*Lindernia anagallis* ⋯⋯⋯⋯⋯368
泥花草　*Lindernia antipoda* ⋯⋯⋯⋯⋯367
藍豬耳　*Lindernia crustacea* ⋯⋯⋯⋯⋯369
見風紅　*Lindernia pusilla* ⋯⋯⋯⋯⋯255
佛氏通泉草　*Mazus fauriei* ⋯⋯⋯⋯⋯364
通泉草　*Mazus pumilus* ⋯⋯⋯⋯⋯365

倒地蜈蚣　Torenia concolor ················273
花公草　Torenia fournieri ················274
長梗花蜈蚣　Torenia violacea ················274
阿拉伯婆婆納　Veronica persica ················269

【爵床科　Acanthaceae】
針刺草　Codonacanthus pauciflorus ··········187
華九頭獅子草　Dicliptera chinensis ········353
槍刀菜　Hypoetes cumingiana ················351
六角英　Hypoetes purpurea ················352
爵床　Justicia procumbens ················376
台灣鱗球花　Lepidagathis formosensis ········260
九頭獅子草　Peristrophe japonica ········350
長花九頭獅子草　Peristrophe roxburghiana ····349
哈哼花　Staurogyne concinnula ················312
馬藍　Strobilanthes cusia ················361
台灣馬藍　Strobilanthes formosanus ········360
蘭嵌馬藍　Strobilanthes rankanensis ········362
黑眼花　Thunbergia alata ················54
白眼花　Thunbergia gregorii ················54

【苦苣苔科　Gesneriaceae】
角桐草　Hemiboea bicornuta ················252
尖舌草　Rhynchoglossum obliquum var. hologlossum
················276
同蕊草　Rhynchotechum discolor var. discolor
················189
羽裂同蕊草　Rhynchotechum discolor var. ncisum
················189
俄氏草　Titanotrichum oldhami ················124

【列當科　Orobanchaceae】
野菰　Aeginetia indica ················363

【忍冬科　Caprifoliaceae】
忍冬　Lonicera japonica ················120
冇骨消　Sambucus chinensis ················207
紅子莢蒾　Viburnum formosanum ················208
呂宋莢蒾　Viburnum luzonicum ················208

【茜草科　Rubiaceae】
苞花蔓　Geophila herbacea ················186
繖花龍吐珠　Hedyotis corymbosa ················233
南投涼喉茶　Hedyotis hedyotidea ················232
脈耳草　Hedyotis strigulosa var. parvifolia ····225
長節耳草　Hedyotis uncinella ················234
圓葉雞屎樹　Lasianthus wallichii ················195
★玉葉金花　Mussaenda parviflora
（此種已被併入毛玉葉金花）················63
毛玉葉金花　Mussaenda pubescens ················63
★台灣玉葉金花　Mussaenda taiwaniana

（此種已被併入毛玉葉金花）················63
蛇根草　Ophiorrhiza japonica ················184
白花蛇根草　Ophiorrhiza pumila ················185
雞屎藤　Paederia foetida ················196
擬鴨舌癀　Richardia scabra ················155
闊葉鴨舌黃舅　Spermacore latifolia ················259

【桔梗科　Campanulaceae】
台灣土黨參　Cyclocodon lancifolius ········152
半邊蓮　Lobelia chinensis ················306
普刺特草　Lobelia nummularia ················307
圓葉山梗菜　Lobelia zeylanica ················308
細葉蘭花參　Wahlenbergia marginata ········266

【草海桐科　Goodeniaceae】
草海桐　Scaevola sericea ················179

【敗醬科　Valerianaceae】
台灣敗醬　Patrinia formosana ················92

【菊科　Compositae＝Asteraceae】
下田菊　Adenostema lavenia ················141
藿香薊　Ageratum conyzoides ················142
紫花藿香薊　Ageratum houstonianum ········285
帚馬蘭　Aster subulatus ················289
鬼針　Bidens bipinnata ················39
白花鬼針　Bidens pilosa var. pilosa ········133
小白花鬼針　Bidens pilosa var. minor ········133
大花咸豐草　Bidens pilosa var. radiata ········132
裂葉艾納香　Blumea laciniata ················50
大頭艾納香　Blumea riparia var. megacephala ····43
金腰箭舅　Calyptocarpus vialis ················48
香澤蘭　Chromolaena odorata ················280
雞觴刺　Cirsium brevicaule ················279
南國小薊　Cirsium japonicum var. australe ····279
白花小薊　Cirsium japonicum var. takaoense ····279
野塘蒿　Conyza bonariensis ················418
加拿大蓬　Conyza canadensis ················419
野茼蒿　Conyza sumatrensis ················418
昭和草　Crassocephalum crepidioides ········389
細葉假黃鵪菜　Crepidiastrum lanceolatum ····44
台灣假黃鵪菜　Crepidiastrum taiwanianum ····44
茯苓菜　Dichrocephala integrifolia ················149
鱧腸　Eclipta prostrata ················140
地膽草　Elephantopus mollis ················143
纓絨花　Emilia fosbergii ················388
紫背草　Emilia sonchifolia var. javanica ········288
饑荒草　Erechtites hieracifolia ················290
飛機草　Erechtites valerianifolia ················290
台灣澤蘭　Eupatorium cannabinum ssp. asiaticum
················144

435

田代氏澤蘭　*Eupatorium clematideum* ⋯⋯⋯⋯145
基隆澤蘭　*Eupatorium kiirunense* ⋯⋯⋯⋯⋯146
島田氏澤蘭　*Eupatorium shimadai*⋯⋯⋯⋯⋯147
山菊　*Farfugium japonicum* var. *japonicum*⋯⋯25
台灣山菊　*Farfugium japonicum* var. *formosanum*
⋯⋯⋯⋯⋯25
紅鳳菜　*Gynura bicolor*⋯⋯⋯⋯⋯⋯⋯⋯⋯⋯40
白鳳菜　*Gynura divaricata* ssp. *formosana* ⋯⋯41
黃三七草　*Gynura japonica* ⋯⋯⋯⋯⋯⋯⋯⋯40
天人菊　*Gaillardia pulchella*⋯⋯⋯⋯⋯⋯⋯387
小米菊　*Galinsoga parviflora* ⋯⋯⋯⋯⋯⋯⋯201
粗毛小米菊　*Galinsoga quadriradiata* ⋯⋯⋯201
鼠麴草　*Gnaphalium luteoalbum* ssp. *affine* ⋯⋯51
線球菊　*Grangea maderaspatana* ⋯⋯⋯⋯⋯47
泥胡菜　*Hemistepta lyrata* ⋯⋯⋯⋯⋯⋯⋯⋯284
刀傷草　*Ixeridium laevigatum* ⋯⋯⋯⋯⋯⋯⋯45
兔兒菜　*Ixeris chinensis* ⋯⋯⋯⋯⋯⋯⋯⋯⋯30
細葉剪刀股　*Ixeris debilis* ⋯⋯⋯⋯⋯⋯⋯⋯29
多頭苦菜　*Ixeris polycephala*⋯⋯⋯⋯⋯⋯⋯30
濱剪刀股　*Ixeris repens* ⋯⋯⋯⋯⋯⋯⋯⋯⋯31
蔓澤蘭　*Mikania cordata* ⋯⋯⋯⋯⋯⋯⋯⋯148
台灣福王草　*Notoseris formosana* ⋯⋯⋯⋯⋯287
山苦蕒　*Paraprenanthes sororia* ⋯⋯⋯⋯⋯287
銀膠菊　*Parthenium hysterophorus* ⋯⋯⋯⋯202
美洲闊苞菊　*Pluchea carolinensis* ⋯⋯⋯⋯412
翼莖闊苞菊　*Pluchea sagittalis*⋯⋯⋯⋯⋯⋯411
台灣山苦蕒　*Pterocypsela formosana*⋯⋯⋯⋯38
鵝仔草　*Pterocypsela indica* ⋯⋯⋯⋯⋯⋯⋯38
豨薟　*Siegesbeckia orientalis* ⋯⋯⋯⋯⋯⋯⋯90
苦苣菜　*Sonchus arvensis* ⋯⋯⋯⋯⋯⋯⋯⋯36
苦滇菜　*Sonchus oleraceus* ⋯⋯⋯⋯⋯⋯⋯⋯37
金腰箭　*Synedrella nodiflora* ⋯⋯⋯⋯⋯⋯⋯49
台灣蒲公英　*Taraxacum formosanum* ⋯⋯⋯⋯27
西洋蒲公英　*Taraxacum officinale* ⋯⋯⋯⋯⋯28
王爺葵　*Tithonia diversifolia* ⋯⋯⋯⋯⋯⋯⋯24
長柄菊　*Tridax procumbens* ⋯⋯⋯⋯⋯⋯⋯42
一枝香　*Vernonia cinerea* var. *cinerea*⋯⋯⋯286
雙花蟛蜞菊　*Wedelia biflora*⋯⋯⋯⋯⋯⋯⋯32
蟛蜞菊　*Wedelia chinensis* ⋯⋯⋯⋯⋯⋯⋯⋯35
天蓬草舅　*Wedelia prostrata* ⋯⋯⋯⋯⋯⋯33
南美蟛蜞菊　*Wedelia trilobata* ⋯⋯⋯⋯⋯⋯34
黃鵪菜　*Youngia japonica* ⋯⋯⋯⋯⋯⋯⋯⋯46

【澤瀉科　Alismataceae】
三腳剪　*Sagittaria trifolia* ⋯⋯⋯⋯⋯⋯⋯⋯237

【鴨跖草科　Commelinaceae】
耳葉鴨跖草　*Commelina auriculata* ⋯⋯⋯⋯272
鴨跖草　*Commelina communis*⋯⋯⋯⋯⋯⋯271
水竹葉　*Murdannia keisak* ⋯⋯⋯⋯⋯⋯⋯⋯348
細竹蒿草　*Murdannia simplex* ⋯⋯⋯⋯⋯⋯347

杜若　*Pollia japonica* ⋯⋯⋯⋯⋯⋯⋯⋯⋯⋯239
小杜若　*Pollia minor* ⋯⋯⋯⋯⋯⋯⋯⋯⋯⋯240
毛果竹葉菜　*Rhopalephora scaberrima* ⋯⋯⋯238

【薑科　Zingiberaceae】
山月桃仔　*Alpinia intermedia* ⋯⋯⋯⋯⋯⋯247
島田氏月桃　*Alpinia shimadae* ⋯⋯⋯⋯⋯⋯246
烏來月桃　*Alpinia uraiensis* ⋯⋯⋯⋯⋯⋯⋯244
月桃　*Alpinia zerumbet* ⋯⋯⋯⋯⋯⋯⋯⋯⋯245
絹毛鳶尾　*Costus speciosus* ⋯⋯⋯⋯⋯⋯⋯243
穗花山奈　*Hedychium coronarium* ⋯⋯⋯⋯⋯242

【美人蕉科　Cannaceae】
美人蕉　*Canna indica* ⋯⋯⋯⋯⋯⋯⋯⋯⋯⋯395

【百合科　Liliaceae】
桔梗蘭　*Dianella ensifolia*⋯⋯⋯⋯⋯⋯⋯⋯265
台灣胡麻花　*Heloniopsis umbellata* ⋯⋯⋯⋯154
台灣百合　*Lilium formosanum* ⋯⋯⋯⋯⋯⋯151
粗莖麝香百合　*Lilium longiflorum* var. *scabrum* ⋯151
七葉一枝花　*Paris polyphylla* ⋯⋯⋯⋯⋯⋯420
綿棗兒　*Scilla sinensis* ⋯⋯⋯⋯⋯⋯⋯⋯⋯293
台灣油點草　*Tricyrtis formosana* ⋯⋯⋯⋯⋯292
山油點草　*Tricyrtis stolonifera* ⋯⋯⋯⋯⋯⋯292

【石蒜科　Amaryllidaceae】
文珠蘭　*Crinum asiaticum* ⋯⋯⋯⋯⋯⋯⋯⋯150

【菝葜科　Smilacaceae】
菝葜　*Smilax china* ⋯⋯⋯⋯⋯⋯⋯⋯⋯⋯⋯413

【雨久花科　Pontederiaceae】
布袋蓮　*Eichhornia crassipes* ⋯⋯⋯⋯⋯⋯291
鴨舌草　*Monochoria vaginalis* ⋯⋯⋯⋯⋯⋯264

【鳶尾科　Iridaceae】
射干　*Belamcanda chinensis* ⋯⋯⋯⋯⋯⋯⋯390

【天南星科　Araceae】
姑婆芋　*Alocasia odora* ⋯⋯⋯⋯⋯⋯⋯⋯⋯429
申跋　*Arisaema ringens* ⋯⋯⋯⋯⋯⋯⋯⋯⋯430
柚葉藤　*Pothos chinensis* ⋯⋯⋯⋯⋯⋯⋯⋯128

【香蒲科　Typhaceae】
水燭　*Typha angustifolia* ⋯⋯⋯⋯⋯⋯⋯⋯416
香蒲　*Typha orientalis* ⋯⋯⋯⋯⋯⋯⋯⋯⋯416

【蘭科　Orchidaceae】
綬草　*Spiranthes sinensis*⋯⋯⋯⋯⋯⋯⋯⋯⋯322

【中名索引】

(含全書收錄的別名)

【一劃】
一枝香 ·················· 286

【二劃】
七葉一枝花 ·············· 420
九頭獅子草 ·············· 350
刀傷草 ·················· 45

【三劃】
三白草 ·················· 262
三角葉西番蓮 ············ 423
三裂葉扁豆 ·············· 331
三裂葉蟛蜞菊 ············ 34
三腳剪 ·················· 237
下田菊 ·················· 141
土丁桂 ·················· 275
大瓜槌草 ················ 214
大白花鬼針 ·············· 132
大豆 ···················· 341
大花咸豐草 ·············· 132
大花曼陀羅 ·············· 241
大花細辛 ················ 415
大青 ···················· 182
大飛揚草 ················ 410
大葉假含羞草 ············ 76
大葛藤 ·················· 327
大輪月桃 ················ 244
大頭艾納香 ·············· 43
小月桃 ·················· 247
小毛氈苔 ················ 315
小白花鬼針 ·············· 133
小米菊 ·················· 201
小杜若 ·················· 240
小苦瓜 ·················· 55
小茄 ···················· 88
小童菜 ·················· 302
小番茄 ·················· 69
小葉括根 ················ 116
小葉豇豆 ················ 107
小團扇薺 ················ 230
小燈籠草 ················ 97
山月桃仔 ················ 247
山地豆 ·················· 403
山油點草 ················ 292
山芙蓉 ·················· 295

山苦蕒 ·················· 287
山珠豆 ·················· 323
山素英 ·················· 134
山菅蘭 ·················· 265
山菊 ···················· 25
山煙草 ·················· 174
山葛 ···················· 327
山萵苣 ·················· 38
山藍 ···················· 349

【四劃】
中國菟絲子 ·············· 93
六角定經草 ·············· 365
六角英 ·················· 352
天人菊 ·················· 387
天花 ···················· 85
天蓬草舅 ················ 33
天藍苜蓿 ················ 119
心葉母草 ················ 368
文殊蘭 ·················· 150
文珠蘭 ·················· 150
日本前胡 ················ 169
日本商陸 ················ 191
日本翻白草 ·············· 71
月桃 ···················· 245
木芙蓉 ·················· 295
木苧麻 ·················· 397
木藍 ···················· 345
木鼈子 ·················· 52
毛山葡萄 ················ 426
毛木藍 ·················· 401
毛玉葉金花 ·············· 63
毛西番蓮 ················ 131
毛豆 ···················· 341
毛刺茄 ·················· 172
毛果竹葉菜 ·············· 238
毛柱萬桃花 ·············· 305
毛胡枝子 ················ 335
毛茄 ···················· 172
毛馬齒莧 ················ 314
毛細花乳豆 ·············· 332
毛滿天星 ················ 136
毛蓮子草 ················ 136
毛蓮菜 ·················· 143
水丁香 ·················· 95
水竹葉 ·················· 348
水芹菜 ·················· 171
水莧花 ·················· 153
水鴨腳 ·················· 319
水燭 ···················· 416
火炭母草 ················ 209

牛皮凍 ·················· 196
王瓜 ···················· 156
王爺葵 ·················· 24
疒骨消 ·················· 207

【五劃】
仙人掌 ·················· 26
仙草 ···················· 381
冬葵子 ·················· 62
加拿大蓮 ················ 419
半枝蓮 ·················· 370
半邊蓮 ·················· 306
台北水苦蕒 ·············· 269
台北董菜 ················ 300
台灣土黨參 ·············· 152
台灣大豆 ················ 342
台灣山苦蕒 ·············· 38
台灣山桂花 ·············· 204
台灣山菊 ················ 25
台灣及己 ················ 261
台灣水龍 ················ 56
台灣玉葉金花 ············ 63
台灣灰毛豆 ·············· 330
台灣百合 ················ 151
台灣佛甲草 ·············· 78
台灣何首烏 ·············· 210
台灣油點草 ·············· 292
台灣秋海棠 ·············· 319
台灣胡麻花 ·············· 154
台灣馬兜鈴 ·············· 125
台灣馬藍 ················ 360
台灣假山葵 ·············· 228
台灣假黃鵪菜 ············ 44
台灣敗醬 ················ 92
台灣蛇莓 ················ 74
台灣通泉草 ·············· 364
台灣筋骨草 ·············· 374
台灣菟絲子 ·············· 93
台灣黃堇 ················ 127
台灣福王草 ·············· 287
台灣蒲公英 ·············· 27
台灣蒺藜 ················ 61
台灣澤蘭 ················ 144
台灣懸鉤子 ·············· 165
台灣鱗球花 ·············· 260
四葉蓮 ·················· 261
布烈氏黃耆 ·············· 372
布袋蓮 ·················· 291
平伏莖白花菜 ············ 321
玉珊瑚 ·················· 176
玉桃 ···················· 245

玉葉金花…………………63
瓜槌草…………………214
田代氏乳豆……………333
田代氏澤蘭……………145
田基黃……………………47
田菁……………………111
申跋……………………430
白水木…………………198
白花三葉草……………236
白花小薊………………279
白花苜蓿………………236
白花草…………………258
白花鬼針………………133
白花牽牛………………251
白花蛇根草……………185
白花紫蘇草……………256
白花藿香薊……………142
白花鐵富豆……………235
白苦柱…………………212
白埔薑…………………227
白眼花……………………54
白鳳菜……………………41
石板菜……………………78

【六劃】
伏毛天芹菜……………216
光風輪…………………380
光萼野百合……………104
全唇尖舌苔……………276
印度田菁………………110
印度茄…………………304
印度草木樨……………118
印度黃芩………………371
同蕊草…………………189
向天黃…………………101
向天盞…………………370
合萌……………………405
地耳草……………………83
地錢草…………………193
地膽草…………………143
多頭苦菜…………………30
如意草…………………303
尖舌草…………………276
尖尾鳳…………………393
成功白花菜……………321
扛板歸…………………425
灰葉藋…………………383
百香果…………………130
羊不食…………………172
羊蹄……………………421
羽裂同蕊草……………189

羽蓴懸鉤子……………166
耳挖草…………………371
耳葉鴨跖草……………272
耳鉤草…………………175
血見愁…………………382
西洋蒲公英………………28
西班牙三葉草…………328
西番蓮…………………130

【七劃】
串鼻龍…………………222
佛氏通泉草……………364
克非亞草………………294
卵葉菜欒藤……………122
呂宋莢迷………………208
含羞草…………………282
忍冬……………………120
杜若……………………239
杜虹花…………………278
決明………………………58
見風紅…………………255
角桐草…………………252
赤小豆…………………106
防葵……………………169

【八劃】
兔仔菜……………………30
兔尾草…………………334
兔兒菜……………………30
刺茄……………………173
刺莓……………………160
刺蓼……………………317
卷耳……………………197
和氏豇豆………………112
姑婆芋…………………429
定經草…………………368
帚馬蘭…………………289
泥花草…………………367
泥胡菜…………………284
波葉山螞蝗……………336
爬森藤…………………424
狗尾草…………………378
狗肝菜…………………353
狗骨消…………………234
直立假地豆……………338
空心菜…………………248
空心蓮子草……………135
肥豬豆…………………324
花公草…………………274
花點草…………………396
虎婆刺…………………158

虎葛……………………428
金午時花…………………66
金腰箭……………………49
金腰箭舅…………………48
金銀花…………………120
金錢草…………………315
長花九頭獅子草………349
長柄菊……………………42
長梗花蜈蚣……………274
長梗滿天星……………135
長節耳草………………234
長葉豇豆………………108
長穗木…………………268
阿拉伯婆婆納…………269
青葙……………………281
非洲鳳仙花……………391

【九劃】
俄氏草…………………124
匍菫菜…………………303
南投涼喉茶……………232
南美豬屎豆……………104
南美蟛蜞菊………………34
南國小薊………………279
厚葉牽牛………………249
咸豐草…………………133
哈哼花…………………312
垂桉草……………………81
昭和草…………………389
星果佛甲草………………80
柚葉藤…………………128
柏拉木…………………224
洋商陸…………………192
洋落葵…………………203
珊瑚櫻…………………176
禺毛茛……………………59
紅子莢迷………………208
紅花野牽牛……………359
紅梅消…………………310
紅腺懸鉤子……………157
紅鳳菜……………………40
美人蕉…………………395
美洲合萌………………405
美洲含羞草……………283
美洲假蓬………………418
美洲商陸………………192
美洲闊苞菊……………412
茅毛珍珠菜……………309
苦瓜………………………55
苦林盤…………………181
苦苣菜……………………36

438

苦菜 …………………………37
苦蕒菜 ………………………37
苦懸鉤子 ……………………159
苦蘵 …………………………126
苞花蔓 ………………………186
風輪菜 ………………………379
飛揚草 ………………………410
飛機草 ………………………290
香葵 …………………………53
香蒲 …………………………416
香澤蘭 ………………………280

【十劃】
倒吊金鐘 ……………………85
倒吊蓮 ………………………99
倒地蜈蚣 ……………………273
倒地鈴 ………………………226
夏枯草 ………………………373
姬牽牛 ………………………123
娥房藤 ………………………358
射干 …………………………390
島田氏月桃 …………………246
島田氏澤蘭 …………………147
師古草 ………………………156
桔梗蘭 ………………………265
海州常山 ……………………180
海埔姜 ………………………366
海馬齒 ………………………311
海牽牛 ………………………357
海綠 …………………………267
鳥子草 ………………………364
鳥來月桃 ……………………244
狹葉香蒲 ……………………416
狹葉滿天星 …………………137
狹瓣八仙 ……………………218
益母草 ………………………257
脈耳草 ………………………225
臭重桉草 ……………………82
草海桐 ………………………179
針刺草 ………………………187
馬利筋 ………………………393
馬胶兒 ………………………199
馬鞍藤 ………………………356
馬齒莧 ………………………89
馬藍 …………………………361
馬鞭草 ………………………316
馬纓丹 ………………………408
鬼針 …………………………39
鬼懸鉤子 ……………………161
茯苓菜 ………………………149

【十一劃】
琉球山螞蝗 …………………340
琉球乳豆 ……………………333
琉璃繁縷 ……………………267
假千日紅 ……………………138
假地豆 ………………………338
假含羞草 ……………………77
假海馬齒 ……………………194
假福王草 ……………………287
剪刀股 ………………………29
商陸 …………………………191
基隆澤蘭 ……………………146
密花苧麻 ……………………397
掃帚菊 ………………………289
敏感合萌 ……………………405
望江南 ………………………57
梵天花 ………………………298
毬蘭 …………………………183
異葉珍珠菜 …………………205
異葉馬兜鈴 …………………125
疏花山螞蝗 …………………339
疏花佛甲草 …………………79
盒果藤 ………………………250
粗毛小米菊 …………………201
粗莖麝香百合 ………………151
細竹篙草 ……………………347
細花乳豆 ……………………332
細梗山螞蝗 …………………340
細葉水丁香 …………………96
細葉金午時花 ………………67
細葉假黃鵪菜 ………………44
細葉剪刀股 …………………29
細葉碎米薺 …………………231
細葉蘭花參 …………………266
細葉子草 ……………………215
荷蓮豆草 ……………………206
蛇根草 ………………………184
蛇莓 …………………………74
通泉草 ………………………365
野木藍 ………………………402
野牡丹 ………………………296
野苦瓜 ………………………55
野茼蒿 ………………………418
野牽牛 ………………………123
野棉花 ………………………297
野茄 …………………………363
野塘蒿 ………………………418
野慈姑 ………………………237
野當歸 ………………………167
野路葵 ………………………313
野薑花 ………………………242

閉鞘薑 ………………………243
魚腥草 ………………………223

【十二劃】
傅氏唐松草 …………………139
單花蟛蜞菊 …………………33
揚子毛茛 ……………………60
揚波 …………………………227
散血草 ………………………374
斯氏懸鉤子 …………………164
普刺特草 ……………………307
普萊氏堇菜 …………………300
猩猩草 ………………………386
番仔藤 ………………………354
番杏 …………………………100
番茄 …………………………69
短毛菫菜 ……………………301
短角冷水麻 …………………398
紫花酢醬草 …………………299
紫花鼠尾草 …………………375
紫花藿香薊 …………………285
紫背草 ………………………288
菁芳草 ………………………206
華九頭獅子草 ………………353
華八仙 ………………………217
華他卡藤 ……………………422
菝草 …………………………236
菲律賓堇菜 …………………301
菜欒藤 ………………………121
菟絲子 ………………………93
裂葉月見草 …………………94
裂葉艾納香 …………………50
黃三七草 ……………………40
黃豆 …………………………341
黃花酢醬草 …………………68
黃荊 …………………………377
黃野百合 ……………………105
黃豬屎豆 ……………………103
黃鵪菜 ………………………46
黑果馬皎兒 …………………200
黑眼花 ………………………54
菠葜 …………………………413
酢醬草 ………………………68

【十三劃】
圓果秋海棠 …………………220
圓葉山梗菜 …………………308
圓葉金午時花 ………………64
圓葉野扁豆 …………………117
圓葉煉莢豆 …………………404
圓葉雞屎樹 …………………195

塔花⋯⋯⋯⋯⋯⋯380
新店懸鉤子⋯⋯⋯166
煉莢豆⋯⋯⋯⋯⋯403
睫穗蓼⋯⋯⋯⋯⋯318
萬桃花⋯⋯⋯⋯⋯174
節節花⋯⋯⋯⋯⋯137
絹毛鳶尾⋯⋯⋯⋯243
腺花毛蓼⋯⋯⋯⋯211
落地生根⋯⋯⋯⋯407
落新婦⋯⋯⋯⋯⋯213
落葵⋯⋯⋯⋯⋯⋯384
葛藤⋯⋯⋯⋯⋯⋯327
過江藤⋯⋯⋯⋯⋯254
鼠麴草⋯⋯⋯⋯⋯51
蓇蘑⋯⋯⋯⋯⋯⋯102

【十四劃】
槍刀菜⋯⋯⋯⋯⋯351
漢氏山葡萄⋯⋯⋯426
滿天星⋯⋯⋯⋯⋯137
漆姑草⋯⋯⋯⋯⋯214
瑪瑙珠⋯⋯⋯⋯⋯178
綿棗兒⋯⋯⋯⋯⋯293
綬草⋯⋯⋯⋯⋯⋯322
酸藤⋯⋯⋯⋯⋯⋯394
銀膠菊⋯⋯⋯⋯⋯202
駁骨丹⋯⋯⋯⋯⋯227
橙葉懸鉤子⋯⋯⋯162
蓖麻⋯⋯⋯⋯⋯⋯406
寬翼豆⋯⋯⋯⋯⋯414
豨薟⋯⋯⋯⋯⋯⋯90

【十五劃】
廣東山葡萄⋯⋯⋯427
槭葉牽牛⋯⋯⋯⋯354
澎湖金午時花⋯⋯65
畿內冬葵子⋯⋯⋯62
線球菊⋯⋯⋯⋯⋯47
蓮子草⋯⋯⋯⋯⋯137
蔓苦草⋯⋯⋯⋯⋯382
蔓荊⋯⋯⋯⋯⋯⋯366
蔓澤蘭⋯⋯⋯⋯⋯148
蔓蟲豆⋯⋯⋯⋯⋯115
蓬萊珍⋯⋯⋯⋯⋯72
蓬萊珍珠菜⋯⋯⋯72
蝴蝶薑⋯⋯⋯⋯⋯242
蝶豆⋯⋯⋯⋯⋯⋯270
蝦尾山螞蝗⋯⋯⋯346
豬母乳⋯⋯⋯⋯⋯89
銳葉牽牛⋯⋯⋯⋯355
墨菜⋯⋯⋯⋯⋯⋯140

蓴菜⋯⋯⋯⋯⋯⋯231

【十六劃】
燈籠草⋯⋯⋯⋯⋯126
獨行菜⋯⋯⋯⋯⋯230
磨盤草⋯⋯⋯⋯⋯62
頭花香苦草⋯⋯⋯253
鴨舌草⋯⋯⋯⋯⋯264
鴨舌癀⋯⋯⋯⋯⋯254
鴨跖草⋯⋯⋯⋯⋯271

【十七劃】
龍牙草⋯⋯⋯⋯⋯84
龍珠⋯⋯⋯⋯⋯⋯86
龍船花⋯⋯⋯⋯⋯392
龍葵⋯⋯⋯⋯⋯⋯177
擬紫蘇草⋯⋯⋯⋯256
擬鴨舌癀⋯⋯⋯⋯155
濱刀豆⋯⋯⋯⋯⋯325
濱防風⋯⋯⋯⋯⋯170
濱馬齒莧⋯⋯⋯⋯311
濱豇豆⋯⋯⋯⋯⋯109
濱剪刀股⋯⋯⋯⋯31
濱排草⋯⋯⋯⋯⋯309
濱萊蕨⋯⋯⋯⋯⋯320
濱當歸⋯⋯⋯⋯⋯168
濱蘿蔔⋯⋯⋯⋯⋯320
營多藤⋯⋯⋯⋯⋯329
爵床⋯⋯⋯⋯⋯⋯376
穗花山奈⋯⋯⋯⋯242
穗花木藍⋯⋯⋯⋯400
穗花賽葵⋯⋯⋯⋯91
繁縷⋯⋯⋯⋯⋯⋯190
翼柄鄧伯花⋯⋯⋯54
翼莖闊苞菊⋯⋯⋯411
薄瓣懸鉤子⋯⋯⋯158
賽芻豆⋯⋯⋯⋯⋯414
賽葵⋯⋯⋯⋯⋯⋯70
闊葉大豆⋯⋯⋯⋯342
闊葉鴨舌黃舅⋯⋯259
點地梅⋯⋯⋯⋯⋯193
戳菜⋯⋯⋯⋯⋯⋯223
薐菜⋯⋯⋯⋯⋯⋯248
甕菜⋯⋯⋯⋯⋯⋯248

【十八劃】
翻白草⋯⋯⋯⋯⋯71
藍蝶猿尾木⋯⋯⋯268
藍豬耳⋯⋯⋯⋯⋯369
薺⋯⋯⋯⋯⋯⋯⋯229
薺菜⋯⋯⋯⋯⋯⋯229

雙花龍葵⋯⋯⋯⋯175
雙花蟛蜞菊⋯⋯⋯32
雙輪瓜⋯⋯⋯⋯⋯73
雞屎藤⋯⋯⋯⋯⋯196
雞眼草⋯⋯⋯⋯⋯344
雞觴刺⋯⋯⋯⋯⋯279
鵝仔草⋯⋯⋯⋯⋯38
鵝兒腸⋯⋯⋯⋯⋯190
鵝鑾鼻決明⋯⋯⋯75
鵝鑾鼻野百合⋯⋯113
鵝鑾鼻燈籠草⋯⋯98
鵝鑾鼻鐵線蓮⋯⋯221
繳花龍吐珠⋯⋯⋯233
蟛蜞菊⋯⋯⋯⋯⋯35
繩黃麻⋯⋯⋯⋯⋯87

【十九劃】
藤三七⋯⋯⋯⋯⋯203
蠅翼草⋯⋯⋯⋯⋯343
關刀豆⋯⋯⋯⋯⋯324
鵲豆⋯⋯⋯⋯⋯⋯326

【二十劃】
饑荒草⋯⋯⋯⋯⋯290
藿香薊⋯⋯⋯⋯⋯142

【二十一劃】
蘭嵌馬藍⋯⋯⋯⋯362
蘭嶼木藍⋯⋯⋯⋯399
鐵砲百合⋯⋯⋯⋯151
響鈴豆⋯⋯⋯⋯⋯114

【二十二劃】
彎大秋海棠⋯⋯⋯219

【二十三劃】
纓絨花⋯⋯⋯⋯⋯388
蘿芙木⋯⋯⋯⋯⋯188
變葉山螞蝗⋯⋯⋯337
變葉懸鉤子⋯⋯⋯163

【二十四劃】
癲茄⋯⋯⋯⋯⋯⋯173
鱧腸⋯⋯⋯⋯⋯⋯140

【學名索引】

（學名前有★者，表此種今被併入他種中）

A

Abelmoschus moschatus ……53
Adenostema lavenia ……141
Aeginetia indica……363
Aeschynomene americana
……405
Aeschynomene indica ……405
Ageratum conyzoides ……142
Ageratum houstonianum ……285
Agrimonia pilosa ……84
Ajuga taiwanensis ……374
Alocasia odora ……429
Alpinia intermedia ……247
Alpinia shimadae ……246
Alpinia uraiensis ……244
Alpinia zerumbet ……245
Alternanthera bettzickiana
……136
★Alternanthera nodiflora
（被併入Alternanthera sessilis）
……137
Alternanthera philoxeroides
……135
Alternanthera sessilis ……137
Alysicarpus ovalifolius ……404
Alysicarpus vaginalis ……403
Ampelopsis brevipedunculata
var. ciliata ……426
Ampelopsis brevipedunculata
var. hancei ……426
Ampelopsis cantoniensis
……427
Anagalis arvensis ……267
Androsace umbellata ……193
Angelica dahurica var. formosana
……167
Angelica hirsutiflora ……168
Anredera cordifolia ……203
Arisaema ringens ……430
Aristolochia heterophylla
……125
Asarum macranthum ……415
Asclepias curassavica ……393
Aster subulatus ……289
Astilbe longicarpa ……213

Aubtilon indicum var. guineense
……62
Aubtilon indicum var. indicum
……62

B

Basella alba ……384
Begonia aptera ……220
Begonia formosana ……319
Begonia laciniata ……219
Belamcanda chinensis ……390
Bidens bipinnata ……39
Bidens pilosa var. minor ……133
Bidens pilosa var. pilosa……133
Bidens pilosa var. radiata
……132
Blastus cochinchinensis ……224
Blumea laciniata ……50
Blumea riparia var. megacephala
……43
Boehmeria densiflora ……397
Bothriospermum zeylanicum
……215
Brugmansia suaveolens……241
Buddleja asiatica ……227

C

Cajanus scarabaeoides ……115
Callicarpa formosana var.
formosana ……278
Calyptocarpus vialis ……48
Canavalia ensiformis ……324
Canavalia lineata ……324
Canavalia rosea ……325
Canna indica ……395
Capsella bursa-pastoris ……229
Cardamine flexuosa ……231
Cardiospermum halicacabum
……226
Caryopteris incana ……383
Cayratia japonica ……428
Celosia argentea ……281
Centrosema pubescens ……323
Cerastium fontanum var.
angustifolium ……197

Chamaecrista garambiensis
……75
Chamaecrista mimosoides ……77
Chamaecrista nictitans var.
glabrata ……76
Chamaesyce hirta ……410
Chloranthus oldhami……261
Chromolaena odorata ……280
Cirsium brevicaule ……279
Cirsium japonicum var. australe
……279
Cirsium japonicum var.
takaoense……279
Clematis grata ……222
Clematis terniflora var.
garanbiensis ……221
Cleome rutidosperma ……321
Cleome viscosa ……101
Clerodendrum cyrtophyllum
……182
Clerodendrum inerme ……181
Clerodendrum kaempferi
……392
Clerodendrum trichotomum
……180
Clinopodium chinense ……379
Clinopodium gracile ……380
Clitoria ternatea……270
Cochlearia formosana ……228
Codonacanthus pauciflorus……187
Commelina auriculata ……272
Commelina communis ……271
Conyza bonariensis ……418
Conyza canadensis ……419
Conyza sumatrensis ……418
Corchorus aestuans ……87
Corydalis tashiroi ……127
Costus speciosus ……243
Crassocephalum crepidioides
……389
Crepidiastrum lanceolatum
……44
Crepidiastrum taiwanianum
……44
Crinum asiaticum ……150
Crotalaria albida ……114
Crotalaria micans ……103
Crotalaria pallida var. obovata
……105
Crotalaria similis ……113
Crotalaria zanzibarica ……104
Cuphea cartagenensis……294

Cuscuta australis ·······93
Cuscuta chinensis ·······93
Cuscuta japonica var. formosana
·······93
Cyclocodon lancifolius ·······152

D

Desmodium heterocarpum var.
heterocarpum ·······338
Desmodium heterocarpum var.
strigosum ·······338
Desmodium heterophyllum
·······337
Desmodium intortum·······329
Desmodium laxiflorum ·······339
Desmodium laxum ssp. laterale
·······340
Desmodium laxum ssp.
leptopum·······340
Desmodium scorpiurus ·······346
Desmodium sequax ·······336
Desmodium triflorum·······343
Desmodium uncinatum ·······328
Dianella ensifolia ·······265
Dichrocephala integrifolia
·······149
Dicliptera chinensis ·······353
Diplocyclos palmatus ·······73
Dolichos trilobus var.
kosyunensis ·······331
Dregea volubilis ·······422
Drosera burmannii ·······315
Drosera spathulata·······315
Drymaria diandra·······206
★Duchesnea chrysantha
（被併入Duchesnea indica）
·······74
Duchesnea indica ·······74
Dunbaria rotundifolia·······117

E

Ecdysanthera rosea ·······394
Eclipta prostrata ·······140
Eichhornia crassipes·······291
Elephantopus mollis ·······143
Emilia fosbergii ·······388
Emilia sonchifolia var. javanica
·······288
Erechtites hieracifolia ·······290
Erechtites valerianifolia ·······290
Eupatorium cannabinum ssp.
asiaticum ·······144

Eupatorium clematideum ·····145
Eupatorium kiirunense·······146
Eupatorium shimadai ·······147
Euphorbia cyathophora ·······386
Evolvulus alsinoides ·······275

F

Farfugium japonicum var.
formosanum ·······25
Farfugium japonicum var.
japonicum ·······25

G

Gaillardia pulchella·······387
Galactia tashiroi ·······333
Galactia tenuiflora var. tenuiflora
·······332
Galactia tenuiflora var. villosa
·······332
Galinsoga parviflora ·······201
Galinsoga quadriradiata·······201
Geophila herbacea·······186
Glehnia littoralis ·······170
Glycine max·······341
Glycine max ssp. formosana
·······342
Glycine tomentella ·······342
Gnaphalium luteoalbum ssp.
affine ·······51
Gomphrena celosioides ·······138
Grangea maderaspatana·······47
Gynura bicolor ·······40
Gynura divaricata ssp.
formosana ·······41
Gynura japonica·······40

H

Hedychium coronarium ·······242
Hedyotis corymbosa·······233
Hedyotis hedyotidea·······232
Hedyotis strigulosa var. parvifolia
·······225
Hedyotis uncinella ·······234
Heliotropium indicum ·······378
Heliotropium procumbens var.
depressum ·······216
Heloniopsis umbellata ·······154
Hemiboea bicornuta·······252
Hemistepta lyrata·······284
Hibiscus mutabilis ·······295
Hibiscus taiwanensis·······295
Houttuynia cordata·······223

Hoya carnosa ·······183
Hydrangea angustipetala
·······218
Hydrangea chinensis ·······217
Hypericum japonicum ·······83
Hypoetes cumingiana ·······351
Hypoetes purpurea·······352
Hyptis rhomboides ·······253

I

Impatiens walleriana ·······391
Indigofera hirsuta·······401
Indigofera spicata ·······400
Indigofera suffruticosa ·······402
Indigofera tinctoria ·······345
Indigofera zollingeriana ·······399
Ipomoea aquatica ·······248
Ipomoea biflora ·······251
Ipomoea cairica·······354
Ipomoea imperati·······249
Ipomoea indica ·······355
Ipomoea littoralis ·······357
Ipomoea obscura·······123
Ipomoea pes-caprae ssp.
brasiliensis ·······356
Ipomoea triloba ·······359
Ixeridium laevigatum ·······45
Ixeris chinensis·······30
Ixeris debilis ·······29
Ixeris polycephala ·······30
Ixeris repens ·······31

J

Jacquemontia paniculata
·······358
Jasminum nervosum·······134
Justicia procumbens ·······376

K

Kalanchoe garambiensis ·······98
Kalanchoe gracilis ·······97
Kalanchoe pinnatum ·······407
Kalanchoe spathulata ·······99
Kummerowia striata ·······344

L

Lablab purpureus·······326
Lantana camara ·······408
Lasianthus wallichii·······195
Leonurus japonicus ·······257
Lepidagathis formosensis
·······260

Lepidium virginicum ·········230
Lespedeza formosa ·········335
Leucas chinensis·········258
Lilium formosanum·········151
Lilium longiflorum var. scabrum
·········151

Limnophila aromaticoides
·········256

Lindernia anagallis ·········368
Lindernia antipoda ·········367
Lindernia crustacea ·········369
Lindernia pusilla ·········255
Lobelia chinensis·········306
Lobelia nummularia ·········307
Lobelia zeylanica ·········308
Lonicera japonica ·········120
Ludwigia × taiwanensis·········56
Ludwigia hyssopifolia ·········96
Ludwigia octovalvis ·········95
Lycianthes biflora·········175
Lycopersicon esculentum·········69
Lysimachia decurrens ·········205
Lysimachia japonica·········88
Lysimachia mauritiana·········309
Lysimachia remota·········72

M

Macroptilium atropurpureus
·········414

Macroptilium lathyroides
·········414

Maesa perlaria var. formosana
·········204

Malvastrum coromandelianum
·········70

Malvastrum spicatum ·········91
Mazus fauriei ·········364
Mazus pumilus ·········365
Medicago lupulina ·········119
Melastoma candidum ·········296
Melilotus indicus ·········118
Melochia corchorifolia ·········313
Merremia gemella ·········121
Merremia hederacea·········122
Mesona chinensis ·········381
Mikania cordata·········148
Mimosa diplotricha ·········283
Mimosa pudica ·········282
Momordica charantia var.
abbreuiata ·········55
Momordica cochinchinensis
·········52

Monochoria vaginalis ·········264
Mukia maderaspatana ·········85
Murdannia keisak ·········348
Murdannia simplex·········347
★ Mussaenda parviflora
（被併入 Mussaenda pubescens）
·········63

Mussaenda pubescens·········63
★ Mussaenda taiwaniana
（被併入 Mussaenda pubescens）
·········63

N

Nanocnide japonica ·········396
Notoseris formosana·········287

O

Oenanthe javanica ·········171
Oenothera laciniata ·········94
Operculina turpethum ·········250
Ophiorrhiza japonica ·········184
Ophiorrhiza pumila ·········185
Opuntia dillenii ·········26
Oxalis corniculata ·········68
Oxalis corymbosa ·········299

P

Paederia foetida ·········196
Paraprenanthes sororia ·········287
Paris polyphylla·········420
Parsonsia laevigata ·········424
Parthenium hysterophorus
·········202

Passiflora edulis ·········130
Passiflora foetida ·········131
Passiflora suberosa ·········423
Patrinia formosana ·········92
Pemphis acidula ·········153
Peristrophe japonica ·········350
Peristrophe roxburghiana
·········349

Peucedanum japonicum·········169
Phyla nodiflora ·········254
Physalis angulata ·········126
Phytolacca americana ·········192
Phytolacca japonica ·········191
Pilea aquarum ssp. brevicornuta
·········398

Pluchea carolinensis ·········412
Pluchea sagittalis ·········411
Pollia japonica ·········239
Pollia minor ·········240

Polygonum chinense·········209
Polygonum lanatum ·········212
Polygonum longisetum ·········318
Polygonum multiflorum var.
hypoleucum ·········210
Polygonum perfoliatum ·········425
Polygonum pubescens ·········211
Polygonum senticosum ·········317
Portulaca oleracea·········89
Portulaca pilosa ssp. pilosa
·········314

Potentilla discolor ·········71
Potentilla nipponica ·········71
Pothos chinensis ·········128
Prunella vulgaris var. asiatica
·········373

Pterocypsela formosana ·········38
Pterocypsela indica ·········38
Pueraria lobata ssp. thomsonii
·········327

Pueraria montana ·········327

R

Ranunculus cantoniensis ·········59
Ranunculus sieboldii ·········60
Raphanus sativus f.
raphanistroides ·········320
Rauvolfia verticillata ·········188
Rhopalephora scaberrima
·········238

Rhynchoglossum obliquum var.
hologlossum·········276
Rhynchosia minima ·········116
Rhynchotechum discolor var.
discolor ·········189
Rhynchotechum discolor var.
incisum ·········189
Richardia scabra ·········155
Ricinus communis ·········406
Rorippa indica ·········102
Rubus alceifolius ·········166
Rubus alnifoliolatus ·········162
Rubus corchorifolius ·········163
Rubus croceacanthus ·········158
Rubus formosensis ·········165
Rubus parvifolius var. parvifolius
·········310

Rubus rosifolius ·········160
Rubus sumatranus ·········157
Rubus swinhoei ·········164
Rubus trianthus ·········159
Rubus wallichianus·········161

Rumex crispus var. *japonicus* 421

S

Sagina japonica 214
Sagina maxima 214
Sagittaria trifolia 237
Salvia japonica 375
Sambucus chinensis 207
Saururus chinensis 262
Scaevola sericea 179
Scilla sinensis 293
Scutellaria barbata 370
Scutellaria indica 371
Scutellaria playfairi 372
Sedum actinocarpum 80
Sedum formosanum 78
Sedum uniflorum 79
Senna occidentalis 57
Senna tora 58
Sesbania cannabiana 111
Sesbania sesban 110
Sesuvium portulacastrum 311
Sida acuta 67
Sida cordifolia 64
Sida rhombifolia ssp. *rhombifolia* 66
Sida veronicifolia 65
Siegesbeckia orientalis 90
Smilax china 413
Solanum capsicoides 173
Solanum diphyllum 178
Solanum erianthum 174
Solanum lasiocarpum 172
Solanum macaonense 305
Solanum nigrum 177
Solanum pseudocapsicum 176
Solanum torvum 174
Solanum violaceum 304
Sonchus arvensis 36
Sonchus oleraceus 37
Spermacore latifolia 259
Spiranthes sinensis 322
Stachytarpheta cayennensis 268
Stachytarpheta jamaicensis 268
Staurogyne concinnula 312
Stellaria aquatica 190
Stellaria media 190

Strobilanthes cusia 361
Strobilanthes formosanus 360
Strobilanthes rankanensis 362
Synedrella nodiflora 49

T

Taraxacum formosanum 27
Taraxacum officinale 28
Tephrosia candida 235
Tephrosia obovata 330
Tetragonia tetragonides 100
Teucrium viscidum 382
Thalictrum urbaini 139
Thunbergia alata 54
Thunbergia gregorii 54
Titanotrichum oldhami 124
Tithonia diversifolia 24
Torenia concolor 273
Torenia fournieri 274
Torenia violacea 274
Tournefortia argentea 198
Trianthemum portulacastrum 194
Tribulus taiwanense 61
Trichosanthes cucumeroides 156
Tricyrtis formosana 292
Tricyrtis stolonifera 292
Tridax procumbens 42
Trifolium repens 236
Triumfetta bartramia 81
Triumfetta tomentosa 82
Tubocapsicum anomalum 86
Typha angustifolia 416
Typha orientalis 416

U

Uraria crinita 334
Urena lobata 297
Urena procumbens 298

V

Verbena officinalis 316
Vernonia cinerea var. *cinerea* 286
Veronica persica 269
Viburnum formosanum 208
Viburnum luzonicum 208
Vigna hosei 112

Vigna luteola 108
Vigna marina 109
Vigna minima var. *minor* 107
Vigna umbellata 106
Viola arcuata 303
Viola confusa 301
Viola inconspicua ssp. *nagasakiensis* 302
Viola nagasawai var. *nagasawai* 300
Viola nagasawai var. *pricei* 300
Vitex negundo 377
Vitex rotundifolia 366

W

Wahlenbergia marginata 266
Wedelia biflora 32
Wedelia chinensis 35
Wedelia prostrata 33
Wedelia trilobata 34

Y

Youngia japonica 46

Z

Zehneria japonica 199
Zehneria mucronata 200

【後記】

張永仁

　　屈指算來，那已是二十六、七年前的古早事。當時自己正值青少年，隨父母搬到永和現在的住處，就讀高中的我正熱中種植各類花草盆栽，於是四樓新居的前後陽台，經常可見繽紛的盆花，特別賞心悅目的就成了增添室內生活情趣的最佳裝飾。大學時代，因為想學攝影，從東海大學轉到文化大學，在陽明山的自然環境中，四處踏青與拍花「獵豔」，既是興趣，又可以交作業，真是一舉兩得。之後，因緣際會下，研究、拍攝昆蟲逐漸成了主要的志趣與事業，拍花就一直停留在心血來潮時偶爾為之的興趣。

　　不過，越是深入觀察昆蟲的生態，認識植物也變成職業上所需，因為有太多的昆蟲和植物有著密不可分的關係，例如蝴蝶幼蟲、金花蟲、植食性瓢蟲，幾乎都以綠色植物為食。有時，為了確認某種昆蟲的食草植物種類，翻遍家中數十本各類野花或植物圖鑑，仍搞得一頭霧水。會有這樣的結果，主要的原因：其一，可能是因為我不是植物科班出身，植物學的專業素養還不太夠；其二，我推斷則是因不少通俗的植物圖鑑，書中提供用來辨識種類的主要照片，往往看得清楚

花或果，卻見不到植株的外觀或看不清葉片的特徵，或是雖能呈現植株的樣貌，但花、果特寫又不夠清楚（甚至闕如），凡此種種都增加了辨認種類時的難度。

　　於是，我有了一個大膽的構想：如果立志未來要出版一本野花的圖鑑，那麼不但能逼自己努力自修多多認識植物，也有助於原先昆蟲生態的研究；而且，若能出版實用、易於查對的圖鑑，更可嘉惠許多和我一樣，喜歡野花卻非植物科班專業養成的一般大眾。我的過來人經驗，或許更能掌握初入門者的盲點與瓶頸。

　　朝著理想中的目標努力一、兩年後，向最有合作默契的遠流出版公司台灣館提出不自量力的構想與企劃，沒想到竟然獲得信任首肯。為了讓自己的專業達到台灣館的出版水準，在參考大量的國外野花或植物圖鑑之後，我做了一個最瘋狂的決定：全部的拍攝與野外調查工作都從頭來過，所有的取材、取景皆照這本書預定的設計與呈現方式去執行。

　　在公元2001年一整年拋妻棄子般的全心投入下，以北、中、南三處據點為中心，呈網狀擴散與帶狀連接的四

445

處奔波後，可憐的老爺車陪我跑了四萬多公里漫漫長路。不只是里程數，就連底片消耗的速度，也是以往拍攝工作的三、四倍。到了今年年初成果驗收，看見書房中數不清的幻燈片和那一本摸得吹彈可破的野外工作筆記本，自忖應該會有差強人意的成績，戰戰兢兢的心終於安定下來，專注於文稿的撰寫。

一本能帶出戶外的圖鑑，最多也只能收錄四百餘種野花的完整介紹，因此，首先要面臨的難題便是種類的篩選。由於個人偏好賞花、拍花，花不明顯的植物最先被淘汰；至於高大的喬木，花要近看、近拍，幾乎都得先剪下來，一般人較少這麼做，所以，本書將喬木的野花排除在外。扣除上述的條件，台灣全島常見的野花最少還有七百種，分布於海邊、平地到高山的各種生態環境，若要從中平均挑選特別美麗而常見者，那麼大家身邊常見的野花中，可能會有許多種類在本書中無法找到，為了儘量減少這種遺憾，最後決定將主要生長在中、高海拔山區的種類暫時剔除。或許不久的將來，我們再設法另出一本中、高海拔的野花圖鑑，提供進階讀者遠行時賞花的參考。此外，各地還有一些新近局部歸化的野花，因趕不及查明詳細的身分而忍痛犧牲，算是個人心中最大的遺憾。

承蒙國立自然科學博物館植物學組的楊宗愈老師協助不少種類的鑑定，並擔任全書的審閱、指導，才得以使本書在通俗與實用之餘，又不失專業的精確。亦要感謝台灣植物學研究前輩台大植物學系黃增泉教授，與自然科學博物館館長李家維博士為本書推薦作序；這是對非科班出身的田野工作者莫大的肯定與鼓勵。最後，當然還要感謝愛妻再一次使我毫無後顧之憂地在野外全心工作；還有雙親連出國旅遊，都不忘脫隊去書店幫我蒐集相關資料，感恩之心無以言表。

【圖片來源】
●封面　唐亞陽設計、張永仁生態攝影、林美君（中原造像）製作
●全書生態照片　張永仁攝影
●12、13、16、17、18、20　黃崑謀手繪圖
●14、15、19　陳春惠電腦繪圖

【作者簡介】

張永仁

　　1959年出生於高雄市。1982年畢業於文化大學印刷系，專攻攝影。1986年起投入專業自然觀察、昆蟲生態攝影；1996年起，致力於台灣野花之生態攝影與田野調查研究工作迄今。主要著作除《野花圖鑑——台灣四百多種野花生態圖鑑》外，另有《野花記——33個有趣的野花主題觀察》、《昆蟲入門》、《昆蟲圖鑑》、《昆蟲圖鑑②》、《我的昆蟲野戰隊——主題觀察別冊》、《我的昆蟲歌舞團——主題觀察別冊》（以上皆遠流出版）、《台灣鍬形蟲》、陽明山國家公園解說叢書《賞蝶篇》三冊、《蜻蛉篇》、《黑鳳蝶——小黑的一生》、《鐵甲武士——鍬形蟲》、《自然探祕——昆蟲篇》套書十二冊、《台灣賞蝶地圖》、玉山國家公園解說叢書《玉山的甲蟲》等。

【審訂者簡介】

楊宗愈

　　別號中宇。1961年出生於高雄。英國瑞丁大學（University of Reading）植物學博士，國立自然科學博物館植物學組副研究員，專長為植物系統分類學、植物地理學等。

　　雖然是都市小孩，但從小就對花花草草充滿興趣，念國中時，即開始到花市、種苗行購買種苗回家中種植。大學第一年在文化大學植物系度過，升大二的暑假轉學到東海大學生物系；碩士是在台灣大學植物系黃增泉教授指導下完成，之後回到東海生物系擔任助教工作三年。1989年前往瑞丁大學植物系攻讀博士，於1994年年底取得學位，並於次年9月正式進入國立自然科學博物館植物學組任職迄今，同時曾在文化大學景觀學系教授景觀植物學及東海大學生物系教授植物分類學。

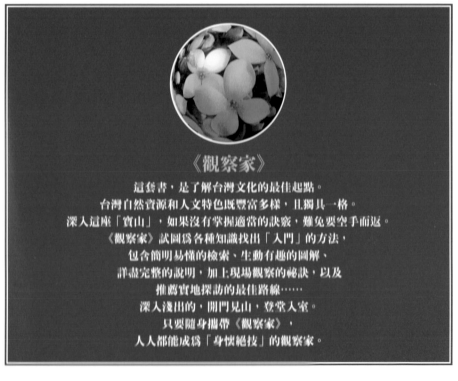

《觀察家》

這套書，是了解台灣文化的最佳起點。
台灣自然資源和人文特色既豐富多樣，且獨具一格。
深入這座「寶山」，如果沒有掌握適當的訣竅，難免要空手而返。
《觀察家》試圖為各種知識找出「入門」的方法，
包含簡明易懂的檢索、生動有趣的圖解、
詳盡完整的說明，加上現場觀察的祕訣，以及
推薦實地探訪的最佳路線……
深入淺出的，開門見山，登堂入室。
只要隨身攜帶《觀察家》，
人人都能成為「身懷絕技」的觀察家。

國家圖書館出版品預行編目資料

野花圖鑑：台灣四百多種野花生態圖鑑 /
張永仁撰文、生態攝影. -- 初版. -- 臺北市
：遠流，2002〔民91〕
面；　　公分. -- （觀察家；8）
含索引
ISBN 957-32-4756-9（精裝）

1. 花卉-台灣-圖錄

435.4024　　　　　　　　　　　91016148

野花圖鑑——台灣四百多種野花生態圖鑑

撰文・生態攝影◆張永仁　　審訂◆楊宗愈

主編————黃靜宜　　　美術主編———陳春惠
副主編———張詩薇　　　校對協力——莊麗莉・周舜瑾

發行人———王榮文
出版發行——遠流出版事業股份有限公司　台北市南昌路 2段 81號 6樓
　　　　　　郵撥：0189456—1　電話：(02) 2392-6899　傳真：(02) 2393-2558
著作權顧問—蕭雄淋律師
法律顧問——王秀哲律師・董安丹律師
輸出印刷——中原造像股份有限公司
裝訂————中原造像股份有限公司
□2002年10月1日　初版一刷　　□2006年3月1日　三版二刷

行政院新聞局局版臺業字第1295號
定價780元（缺頁或破損的書，請寄回更換）
著作權所有・翻印必究　Printed in Taiwan
ISBN 957-32-4756-9

YLib 遠流博識網　http//:www.ylib.com　E-mail:ylib @ ylib.com